魔女宅急便5

魔法的歌腳樹

魔女の宅急便 5魔法のとまり木

角野榮子——著　王蘊潔——譯　佐竹美保——繪

目次

角野榮子給臺灣讀者的序

故事的起點

《魔女宅急便》的故事，要從女兒畫的一幅魔女畫說起。畫中的魔女乘著掃帚，在夜空飛行。掃帚的尾巴上坐著一隻黑貓，柄上掛著一臺收音機，收音機上飛出好多好多的音符。

女兒畫這幅畫時，正值十二歲。因此，我萌生了以年紀相仿的魔女為主角，寫個故事的念頭。

聽著收音機的音樂在空中飛行，想必是一件快意的事。我也想嘗試看看。寫著故事的當下，也同樣有了飛在空中的感覺！

這麼說來，畫中的魔女確實是在空中飛行。於是，我有了讓魔女當快遞送宅急便的想法。想到這裡，故事便開始動了起來。

首先，要決定登場角色的名字。最先定下名字的，是一直陪在魔女身邊的貓咪。過去我在巴西生活時，有一位叫做「喬喬」的朋友。我稍微改了一下他的名字，便成了「吉吉」。

另一方面，魔女的名字則遲遲無法定案。「吉吉」是由兩個發音相同的字組成，所以，我想再次使用同音字做為名字。途中考慮過「咪咪」、「卡卡」、「拉拉」等許多選項，但是都與我構思的魔女不相稱。就這樣，我每天不斷的思考，最後終於找到「琪琪」這個答案。實際念了一遍，就覺得再也沒有其他更合適的名字了。「琪琪」聽起來既可愛，又有一點魔女的味道，而且也很好記。

這一刻，琪琪喊出「榮子，請多指教！」，開始在天空飛行。我當然也追在後面，飛了起來。在撰寫故事的期間，我感覺自己真的飛在空中。若不這麼想，我可能沒辦法將天上的風是怎麼吹的，從空中俯瞰的城鎮模樣，描寫得讓人一看就能想像出畫面。

有時候到寬廣的原野上，我會張開雙手，躺到草地上仰望天空。每當我這麼做，便會覺得自己置身空中，甚至還能看見琪琪坐在掃帚上，在身旁一起飛行。《魔女宅急便》就是這樣開始的。

不過，琪琪才十三歲，還是個實習魔女。就算當快遞送東西，大家也不太信任她，甚至擔心自己的東西被掉包。

琪琪靠著開朗的個性，漸漸被居民接納。麵包店老闆娘索娜、蜻蜓等人都是她溫柔的依靠。

即使如此，其間還是發生許許多多的事。而琪琪總是發揮她的想像力一一克服。我從小就很喜歡聽故事，喜歡讓心情隨著劇情時而緊張，時而興奮，期待後續如何發展。如果最後是能放下心來的圓滿結局，便如同經歷了一趟愉快的旅行，整個人也會很有精神。

每一篇故事都有種種「發現」，帶給人勇氣。

這些是我的親身經驗。所以，我也萌生寫這種故事的念頭。於是，全六冊，加上兩本特別篇的「魔女宅急便」系列就此誕生。

「我也要像琪琪一樣，帶著勇氣活下去！」如果你讀過琪琪的故事後，有了這樣的想法，我會非常開心。

再過不久，琪琪就要飛向臺灣的天空囉。希望你也翻開下一頁，跟著她一起飛行。

登場人物介紹

琪琪

十三歲離開家，在克里克城展開魔女修行並定居於此，現在十九歲。

吉吉

琪琪的魔女貓，和琪琪形影不離。

蜻蜓

琪琪的男朋友，在那魯那城讀書研究昆蟲，經常寫信給琪琪。

維小姐

在「什麼都有集市」賣二手衣，同時也是一位詩人。

市長根特先生

克里克城的市長，工作認真，十分受市民喜愛，但是對於戀愛有點少根筋。

索娜太太

諾諾和奧雷的媽媽，個性開朗，在克里克城經營古喬爵麵包店。

前情提要

十九年前，在一片濃密的森林和綠草如茵的山丘環繞的小鎮上，一個名叫琪琪的小女孩出生了。小女孩有個小祕密。她的爸爸歐其諾是普通人，她媽媽可琪莉卻是一位魔女。

琪琪十歲時，立志要當魔女，但她無法像古老時代的魔女那樣，使用很厲害的魔法，她只會騎著掃帚飛上天空。說到這項飛天的魔法，琪琪可是一點都不遜色，她可以帶著黑貓吉吉在空中翻三個筋斗。琪琪和吉吉從出生開始就一起長大，他們可以用魔女貓語交談，這或許可以稱為他們專屬的魔法。琪琪的媽媽可琪莉夫人除了會用掃帚飛行以外，還會製作噴嚏藥。魔女在十三歲時，必須在滿月之夜展開修行之旅，尋找一個沒有魔女的城市或村莊，運用自己學到的魔法，獨立生活一年。這是成為真正魔女前的修行，也可以讓世人了解，即使世界已經非常先進，非常方便，魔女仍然存在，神奇的事物仍然存在。

這個故事的主人翁琪琪和吉吉來到位於海邊的克里克城。在經營麵包店的索娜太太協助下，利用唯一的飛天魔法，開了一家魔女宅急便。然後，順利的結束了一年的實習，回到了故鄉（請見《魔女宅急便》）。

回到故鄉的琪琪愈來愈懷念克里克城，決定要留下來生活。因為，她最好的朋友蜻蜓也在那裡，於是，她在克里克城展開了第二年的生活。在那個城市的市民照顧下，琪琪的工作也十分順利。她為大家快遞了動物園的河馬、具有特殊意義的信，以及老爺爺的散步等各式各樣的東西。不久之後，琪琪覺得應該更加開拓自己身為魔女的世界。於是，就向媽媽可琪莉夫人學習製作噴嚏藥，在自家門前的「魔女宅急便」看板旁，又掛了一塊「歡迎索取噴嚏藥」的招牌。（請見《魔女宅急便2琪琪的新魔法》）

琪琪的生活雖然忙碌，卻也十分平靜。直到有一天，一名少女出現在琪琪面前，霸道的闖入了琪琪的生活。這個有著濃密頭髮、名叫蔻蔻的女孩到底是誰?她是魔女嗎?吉吉甚至懷疑她「想橫刀奪愛」。琪琪對自己愈來愈沒有自信，想要逃離克里克城。琪琪在空中飛得又高又遠，覺得這座城市已經不屬於她了。在這種好像被逼入絕境的心情下，她終於忍不住大叫：「我喜歡蜻蜓，我喜歡有蜻蜓在的克里克城。」

最後，琪琪終於了解蔻蔻，蔻蔻也回到了屬於她的城市。（請見《魔女宅急便3 遇見另一位魔女》）

琪琪十七歲了，她心裡整天都惦記著「蜻蜓、蜻蜓」。琪琪戀愛了。但是，蜻蜓去遠方的學校讀書，他們很少有機會見面。琪琪原本對暑假充滿期待，沒想到蜻蜓竟然沒有回來，獨自去了山上。琪琪的心情無法保持往日的平靜，聽到別人稱讚「魔女小姐，妳好厲害」，就感到沾沾自喜，也常常鑽牛角尖，懷疑別人。琪琪為了一件微不足道的小事，走進了漆黑的森林深處。黑漆漆的森林令琪琪感到害怕、恐慌，她緊緊抱住一棵粗大的樹木，樹木的溫暖拯救了她，使她終於找回了自我。同一時刻，蜻蜓也在深山裡迷路了，他對自己太在意魔女琪琪感到不知所措。最後，他們各自重新認識自我，彼此的關係也有了更進一步的發展。

在琪琪的身邊，還有一份小小的戀情在萌芽。麵包店的諾諾和茉莉的弟弟小亞談戀愛了。周圍的大人為這對相愛的小情侶忙壞了。

夏季的某個雨天，琪琪接到可琪莉夫人生病的消息。

吉吉說：「我覺得心裡七上八下的。」琪琪回答說：「我也是。」於是，他們急忙趕回可琪莉夫人的身邊。可琪莉夫人的病情比想像中更加嚴重，一天比一天衰弱。幾乎快被不安壓垮的琪琪，突然看到可琪莉夫人的掃帚飛向遠方。她驚訝的一回頭，發現原本生氣勃勃的藥草一下子枯萎了。之後，可琪莉夫人漸漸甦醒，彷彿是藥草給了她生命的力量。（請見《魔女宅急便4琪琪的戀愛》）

1 紋白蝶

克里克城迎接了繁花盛開的季節。

琪琪今年十九歲了，正值美好的年紀。

琪琪飛行在好像蒙上一層白紗的四月天空中，低頭俯瞰著克里克城，發現河邊的道路、公園、動物園，通向四面八方的林蔭道都盛開著白色、黃色和粉紅色的花朵，彷彿一條柔和的彩河在腳下移動。

「啊，好舒服的太陽，暖洋洋的，感覺好想睡覺。」

琪琪微微張開嘴巴，輕輕打了個呵欠。

「不行，飛的時候不能打瞌睡……」

吉吉在她身後說道。其實，牠說話的聲音也懶洋洋的。

「要不要吃一顆涼涼糖？」

琪琪從口袋裡拿出兩顆糖果，其中一顆放進自己嘴裡，手再繞到身後，把另一顆放進吉吉的嘴裡。然後，他們都微微張著嘴，發出「吸——吸——吸」的聲音。當風吹進嘴裡時，舌頭頓時變得涼涼的，接著，有一種甜甜的味道穿過喉嚨。

「吸——吸——吸」

吉吉豎起耳朵，緩緩張開眼睛。

「啊，好像有什麼東西亮了一下。」

吉吉用手指著。

「妳看，就在妳的鼻尖。」

琪琪把眼睛擠到中間，注視著自己的鼻尖。有個小小的黃色東西翩然出現，又一下子消失了。

「啊，是蝴蝶。」

琪琪伸手，試圖抓住蝴蝶。蝴蝶閃躲著琪琪的手，一直在他們的身旁翩然起舞。

「你想和我們一起飛，對不對？我知道。」

琪琪伸直手，想邀蝴蝶加入。

然而，蝴蝶東躲西藏，飛到下面去了。

「咦？怎麼不見了？飛走了嗎？不想和我一起飛嗎？」

琪琪落寞的嘟著嘴巴。

「我們去追牠。」

吉吉在琪琪的背後用力拍著尾巴。

「好哩。」

琪琪握緊掃帚，張大眼睛加快速度。蝴蝶在她的面前飛來飛去，好像故意逗她。

「妳看，在前面。啊，在那裡啦。」

琪琪聽著吉吉的指令，不停改變方向追逐著。

然而，琪琪才一眨眼，剛剛還飛在眼前的蝴蝶，就像肥皂泡泡般消失不見了。

「噗，好弱，妳真的很不會追耶。」

吉吉誇張的哼了一聲。

「你這是什麼意思？」琪琪轉頭反問。

「沒什麼，沒什麼……」

看到琪琪火冒三丈，吉吉趕緊搖頭否認。

「吉吉，抓好囉。」

突然，琪琪大聲叫道，隨即用力上下搖晃著掃帚，掃帚好像野馬般跳動起來。

「啊——」

吉吉迅速跳到琪琪背上，用力抓著她。

不知道為什麼，琪琪突然感到心煩意亂，幾乎快要失控了。

琪琪沒來由的想要攪亂圍繞在身旁的這片霧茫茫的、春天的溫暖空氣。她瞪大眼睛，時上時下的激烈飛行。

掃帚蹦蹦跳跳的飛著，熟悉的克里克城彷彿也跟著上下彈動，簡直就像坐在遊樂園刺激的遊樂設施上。

「啊——哇——」琪琪發出尖叫聲。

「妳怎麼了？為什麼突然發飆？」

吉吉緊抓著琪琪的背，捂著臉，渾身顫抖著。

「嘿嘿嘿，我是騎著野馬的野蠻魔女，嘿嘿嘿。」

琪琪故意用很粗的聲音，發出低沉的笑聲。

「我也是魔女貓。不過，趕快停下來啦，我的心臟都快蹦出來了。」吉吉說。

這時，琪琪突然好像踩了煞車般停下來，張大眼睛，看著下面。

「咦……那是什麼？」

遠處橫跨在克里克灣的那座橋下，有個紅色的東西飄來飄去。在陽光的照射下，紅色的東西不時閃著金光。

琪琪再度蹦蹦跳跳的上下起伏飛行，朝著紅色的東西飛了過去。

原來那紅色東西是高高的草堆上綁著一條緞帶，旁邊的石頭上生著火，放在三腳架上的鐵鍋冒著熱氣，散發出奇特的味道。旁邊的木棒上掛著一塊「只賣一天，魔女湯」的牌子，一個身穿黑衣的女孩正用湯匙攪動鍋子。

「是魔女湯耶。」吉吉輕聲說道。

「那是什麼？咦，好奇怪的氣味。怎麼可能有魔女都不知道的魔女湯？我們去看看、嘗嘗味道吧。」琪琪說。

「這不是在妳的地盤上做生意嗎？」

「貓真討厭，馬上就會產生地盤意識。我要假裝自己不是魔女，去那裡喝湯。」

琪琪在稍遠處降落，掃帚藏起來後，把頭上的緞帶綁在脖子上，並把原本斜背的小皮包掛在肩膀上。最後，把吉吉放下來，慢慢走向那個女孩。

那是一個皮膚白皙、有著一雙杏眼的漂亮女孩。吉吉在琪琪的腳下發出驚為天人的嘆息，「哇，小美女耶。」吉吉雖然是貓，卻喜歡漂亮的女生。

女孩發現琪琪，忍不住張大眼睛。

「啊，是客人，真的是客人耶。」

她用雀躍的聲音歡呼。

琪琪忍不住笑著點點頭。

「對啊。」

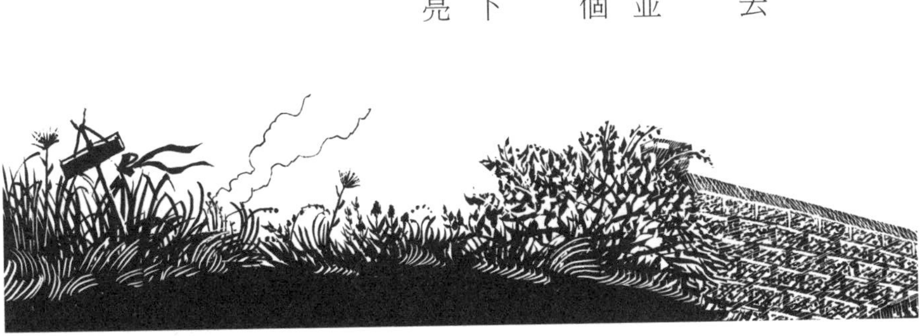

「太好了！第一號客人上門了。」

女孩咚的一聲跳了起來。仔細一看，發現她的臉上沾到了木炭灰。

「喝湯可以嗎？其實我這裡只有湯……」

「好，給我一碗湯。」

「好！」

女孩用顫抖的手把湯裝在碗裡，和湯匙一起遞給琪琪。

「對不起，要請妳站著喝，我這裡沒有椅子。」

「多少錢？」

「今天是試賣，所以不用錢。」

說著，女孩發現站在琪琪腳旁一直抬頭看著自己的吉吉。

「啊，貓咪，你也想喝嗎？我也有給貓喝的湯，查理，可以分一點給貓朋友嗎？」
「喵嗚。」不知道哪裡傳來貓叫的聲音。
女孩從旁邊的小鍋子裡裝了一小匙湯，倒進小盤子裡。這時，一隻像吉吉般渾身漆黑的貓從石頭後面探出頭，一看到吉吉，就「噗」的一聲，不悅的吹了一口氣，但牠很快放鬆了臉上的表情，吐出粉紅色的舌頭。似乎在說，我一開始都不會給人好臉色看。吉吉故意假裝沒看到，自顧自的低頭喝湯。才喝一口，馬上皺著眉頭，歪著嘴，發出「咘咘」的奇怪聲音。
「啊喲，真沒規矩，怎麼都沒有說『我先開動了』呢？」
女孩對吉吉說道。吉吉沒有理她，低著頭，不停的用貓掌擦嘴巴。

「對不起，牠很怕生。」
琪琪一邊辯解，一邊瞪著吉吉，心裡卻納悶：「吉吉怎麼了？牠平時總是雙腳併攏後才開始吃東西……牠一定是害羞，真是的。」這時，她發現吉吉正用眼角向她拚命眨眼，似乎在使什麼眼色。琪琪皺著眉頭，意思

是說：「你有什麼意見嗎？」

「那我……也要開動囉。」

琪琪連同吉吉的份，大聲又清晰的說完，舀了一匙湯送進嘴裡。

唏——

琪琪也發出奇怪的聲音。

這也未免太難喝了！

那一口湯還卡在喉嚨，怎麼也嚥不下去。琪琪發出好像被嗆到的聲音，好不容易才吞了下去，然後轉頭瞥了吉吉一眼。吉吉用力閉了閉眼睛，似乎在說：「難以下嚥吧？」這是很罕見的怪湯，有一種難以形容的奇怪氣味，而且完完全全、徹徹底底的沒有任何味道。

「不好喝嗎？我就知道。該怎麼辦？」女孩

不知所措的問：「我什麼都不會……還有三百六十天呀……」

「咦？妳不是只賣一天嗎？」

這應該是小女孩只玩一天的扮家家酒，沒有太大問題吧……琪琪不禁在心裡想。

「我打算在這個城市試賣一天看看，我踏上旅程已經第五天了，還要修行三百六十天。我本來覺得或許可以賣魔女湯，因為我只會煮湯……現在看來，恐怕還是不行。」

女孩用力握著黑色圍裙的裙襬。她的語氣太恭敬了，反而感覺措詞很奇怪。琪琪看到她的雙眼泛著淚光。

「踏上旅程！妳……該不會是……」

琪琪驚叫起來，女孩也嚇了一跳，整個身體向後仰。

「啊、啊、啊，姊姊，妳該不會和我一樣吧？」

「好、好像是耶。不過，這已經是幾年前的事了……我也是踏上旅程，在這個城市修行之後，愛上了這裡，然後就住了下來。如今，我開了一家宅急便，整天騎著掃帚，在天空中飛來飛去。」

女孩緊閉雙脣，看著琪琪。

「啊、啊，怎麼辦？我竟然來到一座已經有魔女的城市。有魔女的城市不可以有第二個魔女吧？」

「是、是有這個……規定啦……但是，現在時代不同了……不需要想得那麼嚴重。」

琪琪吞吞吐吐的說道。她的語氣比剛才親切多了。

「可以嗎？這種規定應該無法改變吧？姊姊真好，因為妳會飛，而且也已經找到適合自己的工作了吧。」

女孩從頭到腳看了看著琪琪，語帶羨慕的說道。

「我什麼都不會，真的什麼都不會……飛行的時候，心情不是應該很暢快嗎？我想，應該和從冰山上滑下來的感覺差不多吧。好可怕，好可怕，我有懼高症，所以，我原本並不打算當魔女，我朋友說，既然繼承了魔女的血液，不當就太可惜了。雖然魔女身上又沒有什麼標誌，但聽到他們這麼說，覺得好像浪費了什麼寶貴的東西。」

女孩說著，露出不服輸的表情。

我也曾經有過相同的經驗。我是因為喜歡新奇的事物、嚮往冒險，覺得只要有憧憬，任何事都能實現，所以才會變成魔女。琪琪內心深有感觸。

剛才在天空時的煩躁心情漸漸平靜下來。

雖然我假裝很有自信，但其實那時候，我完全沒有，也不知道該怎麼辦。當時，我只有渾身的活力，拚命想探尋有趣的事，只有立志成為魔女的那份小小自尊心。琪琪回想起當初宅急便開張時的不安心情。

也許我無法在這個城市生存下去，雖然是我自己的選擇，但或許是錯誤的開始……正當我心灰意冷，覺得自己無法成功的那天早晨，當我不經意的打開窗戶，和煦的風吹了進來。包圍我的那陣風到底是從哪裡吹來的？由於之前一直足不出戶，所以，那種感覺，就像是見到了心愛的人。當我驚訝的張大眼睛，發現有位裁縫師在遠處的房子向我招手。對，是那陣風為我帶來了第一位客人……今天，吹動紅色緞帶的那陣風，也許和那天呼喚我的風一樣。

琪琪的心劇烈跳動起來。

那位裁縫師是我的貴人，或許我能成為這個女孩的貴人……真希望我可以。

那位裁縫師是琪琪的第一位客人。完成第一份工作後，漸漸開拓了琪琪在克里克城的生活。

「我媽媽說，每個人都有一個小小的魔法，所以，既然我是魔女，不可能沒有魔法。只要有想嘗試一下的念頭，就必須實際試試看。我不該相信媽媽的話，我太笨了，竟然就這樣信以為真。媽媽當然會覺得自己的孩子很厲害，但我其實是徹頭徹尾的笨蛋，結果，就這麼輕易的當真了。」

女孩氣鼓鼓的說道。不過，從她的表情似乎可以看出她的不知所措、天真稚氣。

「現在還不知道結果，不必這麼急著下結論嘛。」

琪琪露出親切的表情說道。她看著手上的碗，不禁在心裡想，這碗湯實在太難喝了。

「妳不用安慰我，我什麼魔法都不行，連唬人都不會，更別提要用魔法幫助別人。我只是一個無聊的十三歲女孩，不過，我有名字喔，我叫『蕾』，大家都叫我『小蕾』。和我在一起的貓是公貓，牠叫查理，我一生下來就和牠在一起。我和查理之間是傳統的、完美的魔女和魔女貓的關係，查理，對不對？」

那個叫小蕾的女孩低下頭，徵求貓的同意。查理好像回答似的豎起尾巴，走到小蕾的腳下。琪琪低頭一看，發現牠的背部正中央有一塊白斑。

「雖然牠身上有白斑……但牠是魔女貓，是我的貓。現在流行這種身上混了其他顏色的貓，已經很難找到完全的黑貓。妳覺得呢？牠是不是很漂亮？」小蕾說。

「我叫琪琪，我的貓叫吉吉。牠也是符合傳統的公貓，小蕾，妳是從哪裡來的？」

「很遠的地方。」

「妳走路來這裡的嗎？」

「搭公車、電車和走路。不會飛真的很沒用，早知道我就應該堅持練習。我好不容易到這裡後，已經覺得精疲力竭，所以，就想試著開一家熱湯店。我煮的湯真的那麼難喝嗎？」

「嗯……也還好啦……」

琪琪含含糊糊的回答，按著肚子，剛才喝下的湯還在胃裡翻攪。

「太好了，我就知道。其實，我對煮湯有一點自信。因為，媽媽每天都會煮湯給我喝，我知道怎麼煮……這道湯叫『溫暖心靈湯』，是媽媽取的名字。先在田裡種植一種特別好吃的蔬菜，用那種蔬菜的種子燉湯，湯裡就會集中了蔬菜的精華。媽媽說這是一種魔法。媽媽送給我很多種子，還可以用很久。」

或許是因為聽到小蕾說這是「溫暖心靈湯」的關係，琪琪覺得湯慢慢滲進身體，身體也漸漸放鬆，還溫暖了起來。吉吉的雙眼也顯得很有活力。

「這種湯很獨特。」吉吉嘀咕道：「但實在太難喝了！」

「妳都怎麼煮？」琪琪問。

小蕾興奮的說：「先在鍋裡裝水，再用指尖抓起香香的蔬菜種子放進鍋裡。而且還要唱歌。」

加一個

加三個，又要加一個

三個，三個加進去
加完五個就結束

「總共有五類不同的種子嗎？」

「不是，我不知道到底有幾種，我想應該有更多種類，所有種子都混在一起，變成什錦種子。把三根手指放進袋子，抓起種子。唱著加一個，加三個的歌……把這些種子撒在春天的田裡，就會發出什錦的芽，長出什錦蔬菜。結出各種不同的種子後，就要在中秋滿月之夜『淨化』，還要唱『所有的種子，帶著我的心願，接受上天的甘霖』。」

「魔女在工作時真的都會唱歌耶。」

「姊姊，妳也會唱歌嗎？」

「對，在『淨化』一種名叫『噴嚏藥』的藥草種子時，我也會唱歌。就像這樣：

茜草
根種草
種粒草

一直唱下去。」琪琪小聲的哼唱著。

「哇，和我的歌很像耶，不過，感覺比我的歌更有大人的味道。」

小蕾用力握著手，開心的說：「可不可以借我看一下妳的種子？」

「不好意思，不能給妳看。因為這是我家的祕密，是家裡的獨特祕方，媽媽說，那是『媽媽魔女湯』。」

「如果妳做的話，就是『小蕾湯』。」

「但不是很難喝嗎？不過，我應該感到高興，因為魔女的生活就是『相互扶持』，我相信，我一定可以堅持下去。」

「既然這樣，就好好加油吧。」

小蕾仰起頭，然後小聲的嘀咕：「上天的甘霖，不知道會不會降落在我的湯裡。」

「一定會。」

琪琪很想安慰這位新手魔女。

「是嗎?我只是很普通、很普通的魔女……平凡得令人感到悲哀的魔女。」

小蕾無奈的攤開雙手。

「沒這回事,妳很可愛。」

這時,吉吉急忙補充說:「真的,妳真的超級可愛,這是求之不得的優點耶。琪琪,妳告訴她我說的話。」

吉吉目不轉睛的看著小蕾。

「我的貓說,妳超級可愛。」

「謝謝。其實,只有可愛也沒用,雖然大家經常這麼說,但我常在心裡想,難道我只有這個優點嗎?我很想獨立,很想讓別人一眼就看出我是魔女。我的貓不是很有個性嗎?牠身上的白斑讓人看了就不會忘記。所以,託牠的福,村裡的人都叫我『圓點貓小魔女』。」

「哇,真有趣!」

琪琪想像著小蕾在小小的村莊裡，在眾人的疼愛下長大的樣子，隨即又突然懷念起自己小時候生活的城鎮。她把手輕輕放在胸前。

「我希望我的湯也有像查理那樣的斑點，這樣的話，別人馬上就知道是小蕾的湯。」小蕾說。

「嗯，嗯。對啊，這樣很有妳的特色。啊，對了，像查理那樣的斑點……我想到了。我家每年除夕都會在湯裡加圓圓的肉丸，小蕾，妳也可以這麼做。對，白色的丸子就好像查理背上的白斑。妳可以把馬鈴薯做的丸子撲通加進湯裡，這樣不就有小圓點了嗎？做丸子的方法很簡單，我可以教妳。先把馬鈴薯煮熟後壓碎，再加麵粉和雞蛋混合，做成丸子，加進湯裡。QQ的，很好吃喔。這樣就完成了小蕾的『圓點湯』，妳就可以成為『圓點湯小魔女』。」

「好厲害！太棒了，謝謝妳。圓點就像是從天而降的甘霖，圓點湯的名字也很好聽。而且，湯還是用什錦種子做的，我家的魔法並沒有消失。」

小蕾咕嚕咕嚕的轉動著眼珠子，把手指放進嘴裡，「啾」的吸了一下。

「妳煮湯的時候，最好再稍微多放一點鹽。」琪琪不經意的說。

「嗯，我知道，下次我煮小蕾湯時，應該要好好嘗嘗味道。」

琪琪不禁在心裡犯嘀咕。

啊喲喲，原來她剛才根本沒試味道。

「接下來的三百六十天，妳每天都要煮湯嗎……小蕾，真辛苦。」

「我想我會愈煮愈好喝，一定要愈來愈好喝才可以。只要夠好喝，或許可以讓人喝了以後感到安心又親切。魔女的湯當然要與眾不同，一定要有安心的味道。之後，大家就會一傳十，十傳百，我就可以結交新朋友……大家也會承認這是魔女的魔法。」

小蕾自言自語的說著，拚命的點頭。這時，吉吉在一旁插嘴說：「妳告訴她，還可以遇到很棒的男生。」

琪琪噗嗤一聲笑了起來。

「咦？這不是琪琪嗎？這不是我們城市的魔女嗎？」

一個腰上掛著竹簍、手拿釣竿的男人停下腳步問道。他發現琪琪身旁的小蕾，連忙問：

「咦？這是妳妹妹嗎？她也來克里克城嗎？原來妳有這麼可愛的妹妹，看到妳們姊妹在一起，太好了。」

他看到一旁的招牌。

「喔？魔女湯。可不可以請叔叔喝一碗？」

琪琪渾身抖了一下。

我勸你最好不要喝。

小蕾也趕緊張開雙手，試圖擋住鍋子。

「這……這裡雖然寫著『只賣一天』……其實是我寫錯了，應該是一天只有一碗。所以，今天已經賣完了，真

對不起。」

「是嗎？真令人失望。妳做生意不要這麼小家子氣，湯要多煮一點才好啊。我們的琪琪姊姊怎麼沒有教呢？」

叔叔帶著遺憾的表情看著鍋子說：「我下次再來喝，我會很期待喲。」說著，轉身離開了。

「啊，太好了，幸虧已經喝完了。今天我只做了兩人份，我嘗味道的時候，不小心喝掉一碗，真的已經沒湯了。因為，我的內心告訴我，少煮一點。雖然只是隱隱約約感受到的想法，但每次都幫了我很大的忙。」

啊喲，原來她試過味道，但試了之後，怎麼還是這樣……

然後，琪琪再度叮嚀她：「要記得放鹽。」

小蕾用力點頭說：「我一定會放。」

那個叔叔……竟然說她是我妹妹……

一種甜蜜蜜的滋味在內心漸漸擴散。

「小蕾，妳要不要在克里克城多住一陣子試試？我想，時代已經不同了，一座城市絕對不能有兩個魔女的規定……不必太在意……我覺得，魔女的傳統應該要隨著時代改變。」

如果有這樣的妹妹一起聊天，每天討論要煮什麼菜，要怎麼打扮，生活應該會很快樂吧。

琪琪在腦海中想像著，希望可以真的實現。

「而且，我不會介意，我有住的地方，但不是很大……所以，妳不必客氣。」

琪琪說。小蕾不由得探出身體。

「謝謝妳。」

小蕾小聲說著，目光注視著某個地方，然後，用力搖頭說：「不過、不過，既然已經踏上了魔女的旅程，我還是要學會獨立。我相信，一定有適合我的城市。本來就規定，魔女必須在沒有其他魔女的城市生活，這是我們的使命……也是責任……」

小蕾喝完所剩不多的湯，熄了火，用一旁水桶裡的水洗鍋子，再用圍裙擦乾後，放進了背包。然後，把「只賣一天魔女湯」的招牌拿了下來，放進背包側面的口袋。

「雖然不知道我的魔法有沒有魔力，但反正還有三百六十天，我會打起精神努力試試看。因為，這是我的修行之旅，不是嗎？姊姊，妳不是也一個人做到了？雖然我也很想和妳在一起……但是，我必須獨立。因為，是我自己決定要當魔女的。」

小蕾好像在告訴自己般的小聲說道，用水把三腳鐵架澆冷後，綁在背包的繩子上。她倒掉水桶裡的水，把查理的鍋子放了進去。

「妳很會收東西。」

琪琪語帶欽佩的說。

「嗯，因為我已經旅行了好幾天。只有這件事愈做愈好。」

小蕾把緞帶從草上解了下來，綁在頭上。一隻手抱著查理，另一隻手拎著水桶。

「這樣就可以把所有東西帶在身上。我的背包裡還有睡袋和換洗衣服，這就是我目前的家。」小蕾對琪琪笑著說。

「不然，妳今天住我家吧。」

「謝謝。不過，我現在要趕路。我相信我的心情會告訴我目的地到底在哪裡，一定可以為我找到一個很棒的城市。我會努力嘗試，所以，我還是要和妳說再見。」

「這種心情就叫『魔女的智慧』。當妳幹勁十足，認真思考時，就會有一種神奇的力量向妳伸出援手，告訴妳什麼是最適合的選擇。真的很神奇喲。我相信，這也是魔法。我也曾經得到這樣的協助，至今仍然心存感謝。當時的我有一種很神奇的感覺，那是一種幸福的心情，我相信，這種神奇的力量也會幫助妳。」

琪琪向小蕾點頭說道。

「真的嗎？啊——原來是這樣，沒錯，一定是。我會來到這座城市，而且，會想在這裡嘗試一下，也許就是因為我有魔女的智慧。真的是靈光一閃，才會在這裡見到妳，我相信絕對是。我好像看到了希望。等我找到自己的城市，我一定會寫信給妳。」

「嗯，我會等妳的信。妳只要寫『克里克城——古喬爵麵包店轉琪琪』，我就可以收到了。」

「我知道了。那我走了，再見。」

小蕾邁開步伐趕路，鍋子發出叮叮噹噹的聲音，宛如小蕾在激勵自己不斷前進、向前進的口令。

「不知道查理身上為什麼會有一塊斑點。」

吉吉踮著腳，目送著小蕾遠去的身影說道。

「吉吉，你也想有斑點嗎？」

「不，我不是這個意思，但大家好像都在慢慢的改變。」

吉吉用大人的口吻說道。

小蕾轉身向他們揮手。琪琪也揮著手，喃喃的說：「我覺得她說的話反而更像大姊姊。我無法成為她的第一陣風，而且，因為我怕孤單，還差點妨礙她的修行，甚至想要違反魔女的規定……」

最近，琪琪很想找人談心。然而，不知不覺中，之前的煩躁心情已煙消雲散了。

「溫暖心靈湯好像真的有效耶。我相信，這就是小蕾的魔法。」

琪琪的好朋友蜻蜓正在遙遠的學校，熱中於生物，尤其是昆蟲的研究，所以很少回到克里克城。琪琪覺得自己可以理解，但偶爾還是會寂寞得受不了。

蜻蜓的信穿越春天的天空，傳遞到琪琪手上。大大的信封裡裝著一封信，以及用薄薄的紙包起來的東西。

琪琪，最近好嗎？不用說，我當然很好。

對不起，很少有時間寫信，我都在心裡寫信給妳。不過，一到晚上，我就很想睡覺，大大的蜻蜓眼睛也會閉起來。雖然真正的蜻蜓不是眼睛大，而是有複眼啦，我真是個笨蛋。

我心裡都是滿滿的妳，都是滿滿寫給妳的信……

琪琪抬起頭，眨了眨眼睛。

「心裡都是滿滿的我，不過，心無法像手一樣拉在一起。」

吉吉在一旁聽到琪琪的自言自語，又獨自嘀咕說：「人類的男性好幼稚，乾脆點

嘛，應該採取貓的方式呀。」

「啊？什麼意思？」

「貓的方式就是盡量出現在女孩的身旁，整天圍著她打轉，就是這樣……」

「啊喲，你還說得真直接！」

「琪琪，我覺得妳太逞強了。照理說，魔女應該更早熟才對……」

吉吉假裝大人，嘴裡不停的發出「嘖，嘖」的聲音。

琪琪繼續看蜻蜓的信。

琪琪，聽說蝴蝶從妳的眼皮底下溜走了？今天，我快速的騎著腳踏車去學校時，有一隻紋白蝶飛在我身旁。陽光常被稱為「蝴蝶的隱身衣」，陽光照射時，蝴蝶會突然消失不見。

我猜，那天飛在妳身旁的也是紋白蝶。牠號稱「春天第一號蝴蝶」……看起來白白的，但當牠張開身體時，會變成像油菜花般的顏色。無論雌蝶還是雄蝶，都是相同的顏色。不過，牠們好像能夠分辨彼此。我身為昆蟲的好朋友，立刻去查了圖鑑，試著忠實的重現紋白蝶，卻無功而返。不過，我學到一點，就是昆蟲看起來很簡單，其實牠們具備了很厲害的功能。因為牠們會把舌頭捲起來，在嘴裡深藏不露。只有在吸花蜜的時候才會伸出來。雖然我很努力希望成為真正的昆蟲……但事情似乎沒這麼簡單。比方說，牠們把翅膀摺疊起來，或是舞動翅膀的樣子。琪琪，請妳把這隻蝴蝶戴在手腕上一起飛。這隻蝴蝶不會逃走，可以隨時陪伴妳一起飛。告訴妳一件事，我做這隻蝴蝶的時候，眼睛張得很亮喲，特別告訴妳一聲。

那就這樣囉。

蜻蜓

琪琪急忙打開包裹。裡面是一隻紋白蝶，翅膀的部位摺疊起來，翅膀的圖案以及腹部和真正的蝴蝶一模一樣。翅膀和翅膀之間用一根細細的鐵絲串了起來，前方是可以套在手上的橡皮圈。琪琪迫不及待的戴在手上，緩緩的甩動一下，原本閉合的翅膀舞動起來。

「好像上次的蝴蝶飛回來了。」

琪琪興奮的說完，情不自禁的拿起掃帚。

「吉吉，我要去散步，你要不要去？」

「妳一個人去吧……可以嗎？」

「謝謝。」

琪琪嫣然一笑，打開門，立刻飛了起來，蜻蜓做的蝴蝶飛在琪琪的前方，張開翅膀，好像在對琪琪說話。琪琪看著它，開心的瞇起眼睛。然後，用力閉上眼睛，彷彿想把這份快樂收藏起來。

2 六月的頭紗

鮮花的顏色使城市彷彿蒙上一層白霧，這樣的景致結束後，克里克城的樹木紛紛長出茂密的翠葉，好像在宣告：「接下來輪到我們出場了。」剛開始宛如夾雜著金色般閃閃發亮的樹葉漸漸變成了深綠色。當琪琪外出為客人送貨時，也可以感受到周圍不再潮潮的，空氣變得格外清澈。琪琪的工作頓時忙碌起來。

「請問是魔女宅急便嗎？呃，請問六月三日，『幸福的頭紗』有沒有空？我想在婚禮的時候租用。」

類似的要求漸漸多了起來，預約愈來愈滿。而且，全都集中在六月。在三日以後，已經排了十八組預約。

「新娘大排長龍，哈——」

在天空中飛行送貨的琪琪按住胸口，故意假裝上氣不接下氣的樣子。

「人類的女生是不是以為非要在六月才能當新娘？」吉吉不耐煩的說。

「因為，藍天、綠樹、和煦的風，輕輕拂動蕾絲的頭紗……感覺很美啊。」琪琪好像唱歌般的說道：「你不覺得這一切都和新娘的幸福很相配嗎？貓通常在幾月結婚？」

「二月吧。貓很怕冷，盡可能抱在一起取暖。因為，兩隻貓抱在一起當然比一隻貓更溫暖。」

吉吉說著，沉醉的閉上眼睛，好像很得意。

「忙碌沒有關係，再加上因為是喜事，可以分享很多東西也很棒，不過每次都有婚禮蛋糕，實在吃到怕了，嘴裡都甜甜的。」

「吉吉，魔女的生活，就是不能挑剔別人和自己分享的東西。」

琪琪狠狠瞪著吉吉。

「琪琪，妳的魔女生活也很不牢靠。上次妳自己不是說，今天是鮮花耶。一聽妳的聲音，就知道妳很高興。」

「被你發現了？」

琪琪縮了縮脖子，吐了吐舌頭。

幸福的頭紗原本屬於拉拉．歐帕女士，她住在克里克城角落的馬鈴薯田旁，這是很久以前，她先生送她的禮物。這頂白色頭紗至今已經有一百八十年的歷史。上面精心編織了許多花草樹木和鳥。由於使用這頂頭紗的人都很細心的呵護，即使已經過了這麼久，仍然沒有破損，依舊白得十分耀眼。拉拉．歐帕說，頭紗放在櫃子裡很浪費，當她朋友的女兒結婚時，她出借了這頂頭紗。一年半前，當她很疼愛的孫姪女結婚時，拉拉．歐帕的腳受了傷，無法親自送去。於是，就由琪琪負責轉送，從此琪琪和頭紗結下了不解之緣。之後，就將這頂頭紗命名為「幸福的頭紗」。

「希望有更多新娘可以戴上這頂頭紗，這是遙遠的北國女孩從十八歲開始，夢想著幸福的生活，整整編織了十二年，直到三十歲才完成。每一針、每一線都充滿了她

的心願。所以，我相信這頂頭紗有為人帶來幸福的能力。不知道那個女孩長什麼樣子?好想見見她。雖然物品好像沒有生命，但可以比人活得更久，也可以和人心靈相通。」

拉拉．歐帕請琪琪幫她送頭紗時，彷彿祈禱般這麼喃喃說道。

「婚禮即將開始時，魔女不知道從哪裡突然現身，從空中把頭紗戴在新娘的頭上，宛如幸福從天而降，簡直太美了。」

參加婚禮的人對此讚不絕口，這個消息也漸漸傳開了。說句老實話，這種送達方式是因為琪琪的健忘偶然發生的，但沒想到深受大家的好評，所以，從那次之後，只要沒下雨，她都會用這種方式將頭紗送給新娘。

琪琪會配合婚禮開始的時間，從空中將頭紗戴到新娘的頭上。想要在婚禮即將開始的那一刻準時送達並不容易。而且，婚禮本身就會有許多狀況。

「這是新人一生一次的重要日子，萬一搞砸就慘了。」

所以，琪琪每次都很緊張。

鈴鈴鈴鈴鈴。

電話鈴聲響起。

「請問是幸福頭紗的魔女嗎？我是預定明天十點請妳送頭紗的赫拉莉。想請妳務必準時，因為，我們在婚禮後要去蜜月旅行，火車票已經買好，絕對不能遲到。拜託一定要準時送到，沒問題嗎？應該沒問題吧？」

「對，沒問題，請不要擔心。如果我沒記錯，婚禮是在『噴泉公園』舉行，對吧？」

「別記錯、別記錯，就是噴泉公園，不是清水公園喔。最近，大家都很喜歡去那裡舉行婚禮。妳應該知道吧，沒問題吧？」

「沒問題。」

「對了，不知道會不會下雨……妳覺得呢？」

為什麼要問我……

即使琪琪在心裡這麼想，還是很有精神的回答說：「不知道耶……但今天的天氣這麼好，我相信應該沒問題。」

「絕對嗎？絕對沒問題嗎？」

「應該吧……」

琪琪有點吞吞吐吐的重複說：「應該沒問題。」

除此以外，她還能說什麼呢？

這種時候，無論如何都要讓新娘安心。

「可是，還是有點放不下心。保證沒問題吧？」

「呵呵……保證……啊，我會為妳祈禱。」

琪琪差點笑了出來。

每位新娘在婚禮前都會有暫時強烈的不安症。不過，電話中的這位新娘實在太過擔心了。只要琪琪說話稍不留神，她可能就會哭出來。

「一言為定喔，妳一定要在十點準時送到，一定要陽光燦爛喔。我是赫拉莉，記得嗎？我是赫拉莉。」

她在電話中再三叮嚀後，終於掛斷了。

她的心情我能理解……即使我能保證絕對準時……但天氣的問題，還是要看老天爺的心情啊。不過，婚期決定了會擔心，婚期沒決定也會擔心，快樂的事總是會有很多不安。真是辛苦啊。

琪琪覺得，即使下雨也是無可奈何的事，自己無法對天氣的事負責。雖然她這麼想，但仍然會情不自禁的不安起來。如果可以，她很想飛上天空，用掃帚把天空的雲層掃一掃。當然，誰都知道，不管是魔女還是魔女的掃帚都沒有這種能耐。

晚上，琪琪仍然在擔心這件事，一次又一次的探頭看著窗外的天空。天上有星星，天空中飄著的幾片雲不是雨雲。電話中那句「一言為定喔」的話老是在琪琪的耳邊盤旋。

「吉吉，明天早上記得早起，萬一我睡過頭，記得叫我。」

「好，好，遵命。怎麼連妳也開始不安了。」

琪琪一整晚幾乎沒有好好睡覺，天就亮了。窗外是一片清澈的六月天氣。

「六月真是太棒了。我們要馬上出門囉。」琪琪對吉吉說。

「現在還太早啦，不早不晚準時到達不是妳的專長嗎？約定的時間是十點耶。」

「沒錯，那個人說了好幾次，是十點。」

「萬一搞錯時間就糟了。」

「好，吉吉大人，為了以防萬一，請你再確認一次預定表吧。」

琪琪伸長脖子，看著掛在牆上的月曆。

「啊，對了，我想起來了，今天還有另一位名叫小苞的新娘要借頭紗。啊！咦？怎麼可能，怎麼會這樣！都是十點……怎麼會……但是，這上面寫得清清楚楚！怎麼辦？」

「昨天的赫拉莉小姐呢？」

「赫拉莉小姐……原本預定十一點要借。為什麼？她昨天不是說十點嗎？」

琪琪再度慌忙的檢查月曆。

「對，我想起來了。小苞小姐預約時，雖然赫拉莉小姐已經預約了十一點，但我想都是在噴泉公園，而且時間相差一個小時，應該沒問題。因為小苞小姐再三拜託，所以我就答應了。可是，赫拉莉小姐昨天真的是說十點，對吧？兩位新娘的時間撞在一起了，怎麼辦？是我搞錯了嗎？怎麼辦？」

琪琪抱著包得整整齊齊的頭紗在房間裡走來走去，幾乎快哭出來了。

「因為地點相同，所以妳寫錯了嘛。」

吉吉顯得比琪琪冷靜多了。「在這裡乾著急也沒用，先去現場看看吧，總會有辦法的。」

他們抱著頭紗，急匆匆的騎上掃帚，朝著噴泉公園出發。

從天空中，可以看到公園中央裝飾了許多鮮花的禮堂前，有兩群盛裝打扮的人圍繞著新娘。琪琪避人耳目的在後門降落，跑了過去。

「啊喲，魔女小姐，妳怎麼可以用跑的，應該從天上飛下來，將頭紗戴在我頭上呀。」

赫拉莉小姐和小苞小姐同時從不同的方向，朝琪琪大聲叫道。

「對不起！」

琪琪對著她們深深的鞠躬道歉。

「真的很抱歉，我弄錯了，結果，妳們的時間撞在一起了。全都是我的錯，真的很抱歉。可不可以請哪一位稍微把時間錯開？」

琪琪用充滿懇求的眼神看著兩位新娘。

「對不起，我竟然在妳們婚禮的大日子犯下失誤。」

「啊喲，妳別在意。其實，我原本是十一點，只是我擔心妳萬一會遲到，才早說了一個小時。」

赫拉莉小姐縮著脖子，爽快的說道。

琪琪頓時雙腿一軟，癱倒在地上。

「琪琪，妳還好嗎？」

吉吉衝到她身旁。

「太好了，我緊張得快死了。」

琪琪用力吐了一口氣，搖搖晃晃的站了起來。

「對不起，因為我實在太擔心了，心想只要把時間說得早一點，就可以放心了。」

赫拉莉小姐又說了一聲：「對不起。」

「不過，真是太好了。」

琪琪按著心臟還在拚命撲通撲通跳的胸口說道。

「時間差不多了，可以先進行小苞小姐的婚禮嗎？別擔心，我會從空中飛過來，把頭紗戴到妳頭上。」

「問題是，我的新郎還沒來。」

「什麼？」

沒錯，現場沒有新郎的影子。

「那可不可以請赫拉莉小姐先開始？」琪琪問。

「我的新郎也還沒到。因為，他以為十一點才開始。」

沒想到，新郎竟然沒有提前到……現場有兩位新娘，卻少了新郎，而且，已經快沒時間了。

「小苞小姐，新郎幾點會到？」

「如果他的腳踏車沒爆胎，應該快到了。」

「什麼？腳踏車？」

「對，我們在婚禮結束後，馬上要騎腳踏車去蜜月旅行，而且是雙人腳踏車喔。」

小苞小姐得意的說：「我們為了蜜月特地買的腳踏車。」

這時，琪琪靈機一動。

「我去附近飛一飛，看看新郎現在騎到哪裡了。他會從哪個方向過來？」

「北山街道那邊。我猜，他應該已經進城了。」

「那就一會兒見囉。」

琪琪急忙和緊緊抓著她肩膀的吉吉一起飛上天空。

「琪琪。」吉吉在她身邊小聲的叫道。

「現在不要對我說教。」

琪琪說完這句話，直直的飛向北山方向。她飛行時，不停的探出身子往下看。

啊，看到了，看到了。那個人應該是小苞小姐的新郎。他正吃力的踩著雙人腳踏車，騎在即將進城的上坡道上。參加婚禮的西裝被風吹向後方，領帶也被吹到肩上。而且，新郎已經滿頭大汗。琪琪飛上前說：「小苞小姐正在等你，請動作快一點。」

新郎瞥了琪琪一眼，比剛才更加用力踩了起來。然而，無論他怎麼加快速度，仍然還要花很長的時間。

琪琪咚的一聲在地面降落，跑過來對新郎說：「我幫你把腳踏車帶過去，請你搭計程車趕去婚禮會場。」

琪琪從一臉錯愕的新郎手上搶過腳踏車。

「好、好。」

新郎拉了拉褲子，大叫著：「妳一定、一定要送來喔。」隨即跑著去找計程車。

琪琪從腳踏車的行李架上拆下繩子，把腳踏車綁在掃帚上。

「腳踏車太重了，應該不行吧。」

「窮緊張什麼，我是曾經載過河馬的魔女。」

但腳踏車，尤其是雙人騎的加長型腳踏車的把手左右動來動去，好像是不想飛的動物。琪琪跨過掃帚上，也同時騎在腳踏車上，用力踩了起來。

「吉吉，你騎在後面，幫我握住後面的把手。」

吉吉拚命緊抓著把手不放。

腳踏車搖搖晃晃的飛了起來。琪琪緊緊抓住掃帚柄和腳踏車的把手，注視著前方，朝噴泉公園的方向前進。低頭往下一看，新郎正坐進計程車。

啊，應該沒問題了吧……

琪琪鬆了一口氣。接下來，只要加快速度前進。

當琪琪順利到達噴泉公園時，衝下計程車的新郎茫然的站在新娘身旁。

琪琪急忙解開繩子，放下腳踏車，然後，拿著頭紗飛向空中，張開頭紗，輕輕的披在新娘的頭上。禮堂內響起音樂聲，新娘和新郎挽著手，走進了禮堂。

小苞小姐的婚禮順利結束了，他們騎上腳踏車，展開蜜月旅行。小苞小姐跑了起來，將頭紗丟向空中的琪琪。琪琪也很快接起頭紗。

接著，赫拉莉小姐的新郎在十一點準時出現了。

「妳看吧，我就知道不用擔心，他遵守約定準時出現了。」赫拉莉小姐驕傲的向琪琪說。

「哼。」

琪琪內心氣憤不已，好像即將爆炸的炸彈。

妳的意思是說，可以相信新郎，卻無法相信魔女嗎？

然而，琪琪不露聲色，將頭紗優雅的披在赫拉莉小姐的頭上。

不過，也許相信新郎比相信魔女更能夠得到幸福。

赫拉莉小姐他們準時搭上火車，順利的踏上新婚旅行。

琪琪精疲力盡的回到家，將今天發生的事全都告訴了索娜太太。索娜太太說：「妳真厲害……讓大家都得到了幸福。」

「別這麼說……我真是……嚇出好幾身冷汗。」

「對啊，這根本不值得稱讚。」

吉吉在一旁插嘴說：「只要稍有閃失，問題就大了。魔女的工作就是要考慮到各種情況，預測未來。」

「不過，或許我就是喜歡這種化險為夷的狀況。」

琪琪終於對索娜太太露出笑容。

「琪琪，妳的冒失一點都沒改。不過，正因為妳每次都可以化險為夷，所以，大家都覺得妳是令人安心的魔女。以前，大家不是都以為魔女專門做壞事嗎？只要遇到不好的事，就會怪罪到魔女頭上。這個城市的人過去也一直這麼認為。不過，大家看到妳認真工作的樣子後，該怎麼說，那種凡事都怪罪別人的想法……似乎漸漸消失了，慢慢覺得相互扶持的心情更重要。我相信，這一定是一種魔法。」

「這樣的稱讚，聽了真是不好意思。」

琪琪低頭笑了起來，其實她內心也有相同的感覺。沒錯，琪琪和克里克城已經融合成一個整體。

「一座城市有一個魔女，有城市，又有魔女時，才是真正的完整。」

吉吉好像在念咒語般的喃喃說著。

沒錯，如果沒有克里克城，我就像一個無足輕重的影子。

對琪琪來說，克里克城是一個可以和她相互扶持的城市。

「對了，真期待為琪琪送上幸福頭紗的日子。」

索娜太太聳了聳肩。

「不知道是哪一天……不知道這一天會不會來臨……」

琪琪今年十九歲，這一天或許還要等很久。

不過，即使在遙遠的未來也沒關係，今年要邁向二十歲，是十幾歲的最後一年，所以，不知道有沒有為二十歲後打基礎……類似預感的東西。

琪琪心想。然後，情不自禁的想起在遙遠城市求學的蜻蜓。她凝望著遠方，希望可以感受到來自蜻蜓的電波。

終於，琪琪等到了蜻蜓發出了穿過六月天空的電波。大大的信封裡裝著一封信和一幅畫。

「蜻蜓的信總是有意外的驚喜，好開心，太高興了。」

琪琪顯得格外興奮。

「真無趣。」吉吉小聲的嘀咕。

昨天，我在校園除草。雖然還是六月天，但這裡的天氣十分悶熱。我明明已經戴了帽子，鼻子卻晒得紅通通的，肩膀也晒得很痛。

我現在寫信的時候，正用冰毛巾敷著肩膀，這個樣子，實在太見不得人了。蒲公英的花已經謝了，但葉子還很茂密，我想把蒲公英連根拔起，沒想到蒲公英的根很粗，好難拔，簡直像在和巨人拔河。憑我的手臂，根本沒有勝算。所以，我決定用鏟子挖。一旦動手開始挖，就欲罷不能了，我想知道這些草的根可以長多遠。我從草根周圍的泥土開始挖，盡可能不要傷害到根部，後來甚至用手挖。挖到一半時，很迫不及待，想趕快挖出來一探究竟。我小心翼翼的撥開泥土，與泥土、草根苦戰了三十分鐘，挖出來的根真的好驚人，春天時盛開的可愛蒲公英竟然有長長的根埋在地下，實在太壯觀了。而且，根部還不斷分叉，朝各個方向伸展，簡直就像魔法之手。（請看圖1）

我把好不容易挖出來的根放在報紙上仔細觀察，不禁感到驚訝。於是，我拿起蒲公英的根，快步跑去研究室。大家正在那裡觀察螞蟻的生態。那些螞蟻養在薄質玻璃箱內，我

們可以隔著玻璃觀察螞蟻怎麼築巢。這其實是在窺探螞蟻的隱私，對螞蟻有點失禮。螞蟻巢從地面上的洞進入地下後，會分成好幾條不同的路，聰明的建造出糧食庫、嬰兒室，合理的空間布置令人感到驚訝。（請看圖2）請妳好好比較一下圖1和圖2，雖然一個是植物，一個是動物，但妳不覺得很相像嗎？也許植物和動物的心理很相似，都有努力活下去的意志。當這份心情用有形的方式表達出來時，就會發現其實有共通點。妳不覺得很有趣嗎？

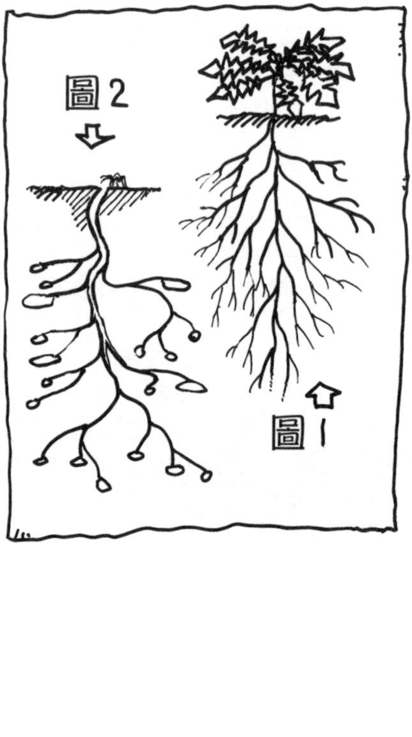

琪琪，不知道妳想要建造一個怎樣的巢？

那就改天見囉。

蜻蜓

「說像，還真的很像……」

琪琪看著這兩幅畫，氣鼓鼓的閉口不語。

雖然魔女會飛，但我又不是鳥。竟然問我要築怎樣的巢……

琪琪喃喃自語著，心情卻漸漸輕鬆起來。

「什麼巢嘛。」

3 大海的鑰匙

鈴鈴鈴鈴鈴。

電話響了。

「好了，好了，馬上就來了。」

琪琪快步跑了過來，拿起話筒。

「讓你久等了。」

琪琪用另一隻手拉著衣服，微微彎腰鞠躬行禮。她已經在不知不覺中，養成這種接電話的習慣。

窗外的陽光照射在地上。

「呃，魔女小姐，我有一件麻煩的事想要拜託妳。不知道妳願不願意幫這個忙？」

一個低沉的男人聲音問道。

「沒問題，敬請吩咐。」

「我是海岸大道旁小碎石路上專賣中古船零件的商店。」

「啊，我知道，就是門口掛著船舵的那家商店吧？我記得還掛著藍色玻璃珠……呃，好像是叫『大波商會』，對不對？」

「對啊，妳知道得真清楚。可以請妳來一趟嗎？」

「當然沒問題。」

「等妳來了之後，再說明具體情況吧。」

琪琪說完後，回頭一看，發現吉吉正仰躺在沙發上，整個肚子都露了出來。最近，吉吉說有點中暑，經常睡午覺。

「吉吉，有工作上門了，你要不要去？」琪琪小聲的問。

吉吉緩緩抬起頭，粉紅色的舌頭舔了一下嘴巴周圍。

「去啊，當然要去。啊——」

吉吉打了一個驚天動地的大呵欠，從沙發上跳了下來，小聲的說：「因為我是妳的合夥人嘛。」

一個男人站在小碎石路上的「大波商會」門口等待。

男人戴著一頂已經變形的老船長帽，大鼻子下留著大鬍子。

「來，請進。我要向妳說明一下……」

店裡放了各式各樣的東西。有老舊的船模型、船的旗幟、油燈、玻璃珠和指南針等，有的東西亮閃閃的，有的東西已經生鏽了。被各種物品包圍的一塊巴掌大的地方，就是辦公室。一張簡單的桌子旁放了兩張椅子。琪琪受邀坐在椅子上，吉吉立刻跳到她的腿上，探頭四處張望著。

「是這把鑰匙。」

大波先生從抽屜裡拿出一把小鑰匙放在桌上。

「這是從沉沒在克里克灣的船上找到的，已經完全生鏽了，所以，我一直放在抽屜裡。最近愈來愈多人開始蒐集沉船相關的古物，有些人特別喜歡古董。之前有人

剛好看到這把鑰匙，說應該已經有超過一百年的歷史，一定要我轉讓給他……我問：『你要這把鑰匙有什麼用？』對方露出詭異的笑容，語帶玄機的說：『用來開以前的門。』因為鑰匙實在太髒了，我把鏽斑和黏在上面的汙垢清除後，發現竟然是一把銀製的鑰匙。妳知道嗎？看起來很貴重，雖然鑰匙不大，但拿在手上沉甸甸的，上面還雕刻著精緻的圖案，而且，妳看，這裡還刻著地址。」

大波把鑰匙的側面遞到琪琪的眼前。

「百日紅街二十九號，格格船長。我猜，格格船長應該就是這把鑰匙的主人。」

「咦，百日紅街不就是舊城區那些老房子，圍成像甜甜圈一樣的廣場旁小路嗎？」

「對啊，沒想到，這把鑰匙的主人也曾經住在克里克城。」

「所以，你希望我送去那裡嗎？」

「對，其實，我也可以自己送過去，但這裡只有我一個人顧店……而且，我以前就一直在想，希望有機會委託魔女辦事。」

「謝謝你，我太榮幸了。」

琪琪微微欠了欠身。

大波把手掌上的鑰匙翻了過來。

「而且，我覺得請魔女送這把古老的鑰匙最適合了。但是……嗯……」

大波先生露出有點傷腦筋的表情，隨即又突然開口說道：「因為，這是很久以前的事了，也許那裡現在住不同的人，所以，我不知道到底該不該送去……不過，既然是鑰匙，我想就該為它找到鑰匙孔。如果不盡力確認一下，總覺得很對不起這把鑰匙。所以，雖然請妳過去，但很可能只是白跑一趟……」

大波先生有所顧慮的小聲說道。

「也許，在那裡可以找到和這把鑰匙相配的鑰匙孔。」

「嗯，是啊。」

大波先生點點頭。

琪琪用力探出身體。

「我從小就很喜歡這種事，不知道到底有沒有，但也許可能存在，這會讓人充滿期待。充滿各種可能的時候，總覺得好像任何事都難不倒自己。我們來挑戰這個冒險吧。」

「冒險……這會不會太誇張了？」

「我很樂意幫忙。」

琪琪站了起來。

「雖然妳說充滿各種可能性，但很可能白費力氣，根本毫無收穫。這麼一把小小的鑰匙，即使賣掉，也賣不出什麼好價錢，所以，我也無法支付妳太多的報酬。」

「沒問題，你不用擔心。當充滿可能性的時候，不是會滿心期待嗎？可以分享這份期待的心情就足夠了。因為，魔女宅急便就是和大家相互扶持。」

大波先生搖晃著身體，好像唱歌般的說道：

呵呵呵，
相互扶持，嘿嘿，
相互扶持，充滿可能，嘿嘿，
也許也許，到頭來是白忙一場，

說不定喔，
哈哈哈，太好玩了，
對吧對吧，小貓咪。

大波先生誇張的聳了聳肩，用手輕輕撫摸著吉吉的下巴，搖晃著圓滾滾的身體笑了起來。吉吉也滿心歡喜的看著大波先生。

琪琪緊緊抓著銀鑰匙，飛上天空。海風在背後輕輕推著她。

「這種日子，需要來點音樂。」

琪琪打開掛在掃帚上的收音機開關。收音機裡傳來小孩子唱歌的聲音。

太陽公公，太陽公公，
真讓人羨慕。
伸出無數金色的手，
用力抓著我。
好事滿滿，
太陽公公，太陽公公，
我也要一個。

琪琪隨著歌聲的節奏，輕輕舉起握著鑰匙的手。

「我也要一個。」

鑰匙在陽光下閃閃發光。

「看吧，我拿到了。」

琪琪回頭看著吉吉。

「見風就是雨的琪琪，頭腦太簡單。」

吉吉皺著眉頭，輕輕吹了一口氣。

「喜歡挖苦的吉吉，頭腦太複雜。」

琪琪露齒一笑。

最近，克里克城變得愈來愈大。郊外新建的房子都有大大的玻璃窗反射陽光，讓飛行在天空中的琪琪感到格外刺眼。琪琪轉頭看著市中心的方向，發現鐘樓為中心的周圍房子，就像向日葵的花心，顏色特別暗。老舊的克里克城仍然在那裡完好的保留下來，無數窄路相互交錯，許多小商店和小公寓擠在一起。走在其中，懷念之情油然而生，如今這裡是很受歡迎的地方。甜甜圈形的廣場旁，就是百日紅街的起點。這個廣場內有間賣克里克城名產炸小魚的人氣餐廳，以及在廣場上擺桌子，專賣咖啡和點心的咖啡店。最近，又增加了許多專賣漂亮皮包和其他小東西的商店。這一帶雖然看似沒有改變，其實也慢慢產生了變化。一百年以前的房子還在嗎？

琪琪降落在甜甜圈形的廣場，原本停在屋頂上休息的鴿子全都飛了起來，開始繞著房子飛行。

廣場旁有好幾條路，琪琪走進其中一條，百日紅街。

「呃，二十九號……」

琪琪走在街上，看著房子前的門牌。這些門牌上的數字已經磨損，幾乎快要看不清楚。

「二十九號……就是從路口走進來二十九公尺的地方。」

琪琪一邊走，一邊喃喃說著。沒錯，克里克城的門牌號碼數字就是由街口到房子門口的距離決定的。右側是偶數，左側是奇數。三號就在從街口進來三公尺的地方。琪琪在這個城市開始宅急便工作時，覺得這種門牌很方便，一下子就找到了。

「找到了！」

刻在石頭上的數字已經磨損，好不容易才看清楚二十九的數字。琪琪一看，發現門上咚咚敲響的門環就是鐵錨的圖案。

「是鐵錨。絕對沒錯，一定是船長先生的家。」

琪琪把吉吉放到肩上，站直身體，平靜呼吸後，咚咚咚的敲門。

「來了。」

屋內深處傳來說話的聲音。不一會兒，厚實的木門打開，比琪琪稍微年長的女人探出頭。昏暗的屋內傳來熱鬧的說話聲。

「呃，恕我冒昧請教，請問妳有沒有聽過格格船長這個名字？一百年前，也許更久之前……好像就住在這裡。」

琪琪實際說出口後，才發現那真的是很遙遠的事。想到這裡，琪琪不禁心跳加速。

「啊，妳……該不會……就是住在這個城市的魔女，專門代人送宅急便的魔女嗎？我好幾次看到妳在天上飛。雖然不是我在飛，但看到妳飛，覺得心情格外暢快。沒想到，可以這麼近距離的看到妳……」

女人或許太驚訝了，張大眼睛注視著琪琪。

「呃……」

琪琪的話才說到一半，女人就張大眼睛說：「啊，一百年……妳該不會送了什麼一百年前的東西來吧？聽說魔女很長壽，但親自送一百年前的東西上門，實在太令人驚訝了。」

她詫異的看著琪琪的手，好奇她到底帶了什麼東西來。

「什麼一百年，我才沒有這麼老。我帶了應該是屬於格格船長的東西。妳認識格格船長嗎？」

「格格船長嗎?當然,當然,我認識。」

女人挺起胸膛,點點頭說:「他是我的曾祖父。不過,他的船在克里克灣沉沒,他因此不幸罹難。這裡每年夏天不是會颳起『海淘氣風』嗎?聽說那一年的風雨特別強,是前所未有的大風暴。」

女人停了下來,不知想到什麼,咯咯咯的笑了起來。

「不好意思,我只顧著自己說話。不要站在門口,進屋坐坐吧。我哥哥和我奶奶都在。不過,到底是什麼東西呢……那麼久以前的事,我想到背脊都有點發毛呢!」

女人把雙手放在胸口,誇張的抖了一下身體。隨即身體一側,讓琪琪進屋,並對著屋裡大聲叫:「好像有什麼有趣的事要發生囉。」

沿著門口的狹窄走廊走進屋內,裡頭放著一張質地結實的大桌子,圍坐在桌旁的有兩個大男孩、一個小女孩,以及看起來像是他們父母的一男一女。桌旁的女人和來開門的女人長得很像,她們應該是姊妹吧。門對面的安樂椅上,坐了一位戴著可愛帽子、個子嬌小的老奶奶。大家正在享受下午茶時光。

「什麼有趣的事?」

所有人同時探出身體問琪琪。他們的聲音一致，害得琪琪忍不住向後退了半步。

「大波商會的老闆發現了一把屬於格格船長的鑰匙，大波商會就是小碎石路上專門賣船舶舊零件的商店……你們知道那間店嗎？……他把鑰匙上的鏽斑和汙垢清除後，發現上面刻著這裡的地址，大波商會的老闆覺得應該交還鑰匙，所以，託我送過來。因為是很久以前的事，原以為格格船長的家人可能已經不住在這裡了，最後還是決定先來確認一下再說……因為是鑰匙，所以應該有相配的鑰匙孔，讓它們分隔兩地實在太可憐了。」

琪琪出示緊緊握在手上的鑰匙。

「原來如此，有鑰匙一定有鑰匙孔。鑰匙和鑰匙孔在一起才完整。」

男人拿起鑰匙。

所有人都一起探頭看著鑰匙。然後，紛紛說著「給我看看」，便輪流拿在手上，放在窗前的亮光處打量著。

「啊，可能是那個的鑰匙。」

其中一個大男孩突然激動的說。

「就是那個『猜猜箱』啊，就連上面的花紋也一樣。」

另一個大男孩也跟著大聲叫了起來，女孩咚咚咚的衝上樓梯，雙手捧著一個像珠寶盒的東西走了下來。

「這個啦，一定就是這個。鑰匙孔就在這裡。」

那個小箱子是用某種金屬做成的，做工很精緻，發出暗暗的光芒。可能是因為摸了很多年，有點磨損了，只能隱約看到上面刻著和鑰匙相同的花紋。女孩慢慢搖著小箱子，小箱子發出噹咚噹咚的聲音。聽到這個聲音，所有人的表情頓時「哇——」的亮了起來。

「這麼一來，我們終於可以知道『噹咚噹咚先生』的真相了，多年的謎團如今可以解開了。」

所有人再度異口同聲的說道，然後，又齊聲發出「喔——」的嘆氣聲。

「對，就是這個鑰匙孔。」

女孩用嚴肅的口吻說完，所有人的目光頓時集中在鑰匙孔上。小小的洞內一片漆黑，看起來像是不可思議的眼睛注視著別人。

「裡面到底是什麼？」

「我好想看看。」

「對啊，謎底終於可以揭曉了。」

「多年來的懸念哪！。」

「我們以前曾經試過各種鑰匙，但任何一把鑰匙都打不開。有一次大家實在太不耐煩了，想乾脆打破它。那一次，爺爺故意把小箱子丟在石頭上，沒想到，竟然還是打不開。」

女孩看著琪琪解釋著。

「看來，這個小箱子很有個性。」

「打開祕密的重責大任就交給我吧。」

其中一個大男孩拿起鑰匙，插進鑰匙孔。鑰匙果然剛剛好，這時，所有人的身體一起抖了一下，然後，目不轉睛的看著插進鑰匙孔的鑰匙，全都一動也不動，好像根本沒在呼吸。

琪琪也渾身緊張的看著鑰匙孔。

不一會兒，男孩好像終於下定決心似的說：「那我就轉開囉，沒問題吧？這是歷史性的一刻，我要轉囉。」

「等、等、等一下！」

看起來像是爸爸的人伸手大叫起來，所有人的目光都集中在爸爸身上。

爸爸環顧所有人。

所有人都驚訝的張大眼睛。

「一旦打開，一切都結束了；看到之後，一切都結束了；『猜猜遊戲』也結束了。這樣好嗎？」

「啊！」

有人倒抽了一口氣。

「對喔。」

「我不要！」

女孩大聲叫了起來。

「也不能舉行競賽了！」

「對啊，也不能向我領取頭等獎的賞金了。奶奶的賞金樂趣無窮喔，你們有沒有發現，不知道也是一種樂趣……」剛才一直閉口不語的奶奶開口了。

七嘴八舌的聲音讓琪琪不知所措，她屏氣凝神，聽著大家說話。

「我跟妳說明一下喲，魔女小姐。」

為她開門的女人說道：「那個小箱子一直是我們家的謎團，無論怎麼努力都打不開。搖一搖，就會發出聲音，代表裡面一定有東西，卻不知道到底是什麼，大家都叫它『猜猜箱』。猜想裡面可能裝了很多這樣的東西，或是那樣的東西……每次看到這個小箱子，總是會產生許多想像。於是，我們決定在格格船長遇難的八月二十三日，聚在這個小箱子周圍。大約十年前，已經過世的爺爺提議大家玩一個遊戲，猜猜裡面到底裝了什麼。如今由奶奶繼承，當這個遊戲的主持人，誰說出的內容最有趣，就可以領到獎金。」

「魔女小姐，妳認為裡面到底是什麼？」男孩探頭問道。

「什麼？要我猜嗎？」

琪琪手足無措的注視著小箱子。

「對，發揮一下想像力。」

「嗯，想像？突然這麼問……可能是遙遠國度的石頭……這個答案可以嗎？」

「什麼？魔女小姐，妳的答案這麼普通嗎？」男孩失望的說道。

「要說出讓人嚇一跳的答案，至少要有點魔法的味道嘛。」

「啊？我該怎麼辦？」

琪琪想了很久，仍然猜不到裡面到底裝了什麼，只能落寞的垂下雙眼。

「比方說，要花費三百年才能變成鳥的鳥蛋之類的。」

「啊？真的有這種蛋嗎？」

琪琪忍不住把臉湊到鑰匙孔前，朝裡面張望。

「怎麼會？沒想到魔女這麼老實，這樣怎麼可能領到頭等獎嘛。」

「我曾經說，裡面裝了可以擦掉惡夢的橡皮擦。像這樣天馬行空的亂猜其實很有趣，比拿獎金更好玩。大家會花一整年的時間思考，立志一定要拿頭等獎。」

「編故事是件很有趣的事，讓人充滿期待。真的，沒騙妳。但這既不是說謊，也不是真話，反正就是不知道答案，呵呵呵。」

「不能說太無聊的答案，要說那種有點像又不太像的答案……這點很重要。」

看起來像是媽媽的女人說著，呼的吐了一口氣。「我每次都輸，對不對？奶奶，下次把頭等獎給我啦。」

「這孩子四歲時的答案最有趣。」女人說道。
「沒錯，我四歲的時候是天才。」男孩舉起手說道。
「你當時說的是什麼？說來聽聽。」琪琪說。
「我當時說，這個小箱子裝的是『泥丸子』，只要把耳朵貼上去，就可以聽到祕密。」
男孩拿起小箱子，放在自己的耳邊。
然後，再把小箱子舉到琪琪的耳邊。
「有沒有聽到？聽得到……對吧，是不是可以聽到？」
琪琪豎起耳朵。
「別說妳聽不到喔，別忘了，妳可是魔女啊。」
男孩再度說道，琪琪覺得似乎聽到了什麼，又好像什麼都沒聽到……小箱子傳來窸窸窣窣的聲音，好像有人在竊竊私語。
「聽到了嗎？這是不算謊話的謊話吧？這叫終極謊言。」
「喂，喂，你真的這麼想嗎？」

「當然，因為還保留著赤子之心，嘿嘿。」

男孩聳了聳肩，吐了吐舌頭。

「妙就妙在無法證明。」爸爸點頭說道。

那個男孩說：「真的耶，如果打開蓋子，好像會變得很無趣。」

「對啊。」

大家紛紛點頭。

「一旦打開，格格船長就不再是神祕爺爺，變成普通爺爺了。」

「對，對，沒錯，要一直保持神祕……那就不要打開吧。」

「嗯，那就不要打開，我覺得這樣比較好。」

「但是我好想看，想到已經有點不耐煩了。」女孩說。

兩個男孩一起張開雙手，好像要擋住周圍的空氣說：「拜託啦。」

「還是不要打開。」

「就保持神祕吧。」
「對啊。」
「我贊成，就讓想像持續吧。」
大家都緩緩點頭。爸爸伸手輕輕拔下鑰匙孔上的鑰匙，遞給琪琪。
「謝謝妳特地送來。」
「真的嗎？要讓鑰匙和鑰匙孔分隔兩地嗎？我覺得，鑰匙留在你們家也不錯。」
琪琪看著手上的鑰匙說。
「不用了。」
所有人再度異口同聲的說。
「一旦有了鑰匙，就會忍不住想要打開。世界上有太多規定，有這種莫名其妙的遊戲也不錯。如果有人想要，就給別人吧。」爸爸說。
「以後可能會找不到鑰匙的下落喲。」
「對，沒關係。知道世界上有這把鑰匙，玩猜猜遊戲的樂趣就更大了，也可以一直繼續下去。」

聽到爸爸這麼說，所有人都說「對啊」，點頭表示贊同。

「魔女小姐，如果妳願意，以後每到八月二十三日，可不可以請妳也來參加『猜猜遊戲』？」

「真的嗎？我可以參加嗎？」

「不過，妳要先好好磨練手腕。」

「不是手腕，而是眼睛。」

「不，是腦袋。」

「我會努力。」

琪琪鞠了一躬。

琪琪回到大波商會，將剛才發生的事一五一十告訴老闆。

「是嗎？原來是這麼回事。既然這樣，我就好好保留鑰匙，不賣給別人。這麼一來，我的『猜猜』或許也能持續下去。這種心情真的很棒，有一點心動……有一點興奮的感覺。」

琪琪，果然變成了……

嘿嘿，相互扶持，嘿嘿嘿

「對啊，想到有這麼一個魔法的箱子，就覺得很高興。我也分享到很棒的禮物，真是令人愉快的工作。」

琪琪將鑰匙交給大波先生。

「光是分享心情，也未免太那個了……不好意思……啊，請收下這個不成敬意的小東西。」

大波先生送給琪琪一條掛著小鐵錨的項鍊，但項鍊太短了，琪琪戴不下。

「那就送給貓咪吧。」

大波先生把項鍊戴在吉吉的脖子上。吉吉渾身抖了一下。

「真漂亮。」

琪琪對吉吉笑了笑，向大波先生鞠躬表示感謝。

回家的途中，吉吉說：「人類老是喜歡把簡單的事情弄得複雜，而且還為此沾沾自喜。」

「這是熱熱鬧鬧的做快樂的事，有什麼關係嘛。吉吉，如果是你，你會怎麼做？」

「我一定會打開。」

「這麼一來，一切不是都結束了嗎？」

「怎麼可能結束？到時候又會有新的祕密出現，不試試看怎麼知道？」

「嗯，這好像也很有趣。」

「妳看，我就說吧。妳是不是覺得有點遺憾？我認為，尋找答案也很重要。」

吉吉得意的吸了吸鼻子。

琪琪突然想到蜻蜓的大眼鏡。不知道蜻蜓透過那副眼鏡看到了什麼？琪琪覺得，那副眼鏡應該也和「猜猜鑰匙」一樣，想要不斷發現不可思議的事物。

「琪琪，妳和我是魔女和魔女貓，要永遠保持神祕。其實，不光是神祕而已，還

要有內涵。我們要像那個小箱子一樣，不，要神祕比一百年更長的時間。」

吉吉用一本正經的語氣說道。

「對啊，真的應該這樣。我們一言為定，要永遠保持好奇心。」

「嗯，也對啦。真希望永遠像活蹦亂跳的魚。」

吉吉拚命抽動鼻子，好像旁邊真的有魚。

蜻蜓又寫信來了。

琪琪，妳好嗎？不用說，我當然也很好。上次妳寫信問我：「一個人生活會不會很寂寞？」老實說，一點都不會。

琪琪的目光從信上移開，不高興的嘟著嘴。

「什麼一點都不會嘛……真無趣。」

蜻蜓的信還有下文。

琪琪，妳放心，我和昆蟲熱熱鬧鬧的生活在一起。上次，我受邀參加了學校附近的兒童會，那個兒童會的名字叫「來玩吧」。邀請函上寫著：「各位同學，請來『來玩吧』玩吧。」於是，我就決定參加。妳不覺得很好玩嗎？「來玩吧」耶？我幾乎快忘了這句話。

琪琪揚起嘴角，差點笑出來。

「我不是常常說嗎？真遲鈍。」

蜻蜓的信繼續寫道。

我帶了很多蟲去參加。有蝸牛、瓢蟲、蚯蚓、蝗蟲、螳螂、蚰蜒、小黃家蟻……

那些昆蟲教會我很多東西，簡直就像是我的老師。我還帶了大大的放大鏡去，孩子們看得可高興了！

「哇！螳螂怪獸！」

「原來蚯蚓身上有一條一條的！脖子的地方好像圍了一條圍巾。」

「蝗蟲的腳伸得好直。」

每個小孩子的眼睛都瞪得大大、亮亮的。原來，並不是只有我對昆蟲充滿驚喜。那些小孩子看著昆蟲蠕動的樣子半天，突然有人說：「我好想變成昆蟲。」還立刻模仿起來。剛開始只是用手模仿，後來動作愈來愈大，最後用整個身體活動。而且，還唱著好像在自言自語的歌。我把記得的部分寫下來。

「蚯蚓蚯蚓，有沒有耳朵？
我是亞子。
蚯蚓蚯蚓，你聽得到嗎？」

那是一個名叫亞子的小女生唱的歌。我有時候很想變成昆蟲，那個叫亞子的女孩也是。還有一首是……名叫小坤的小男生的歌。

「人類的小寶寶晃啊晃啊睡覺，
蝗蟲的小寶寶蹦蹦跳跳睡覺。
抓得緊緊的，才不會掉下來。」

小坤把自己當成蝗蟲的小寶寶，他羨慕蝗蟲小寶寶，但那其實是蝗蟲的夫妻。有時候……我也很羨慕昆蟲，甚至有時候會很尊敬牠們。

所有的小朋友都扮成昆蟲，而且，他們學得很好。不過，沒有一個小朋友學蚰蜒。

「好噁心。」

「那到底是手還是腳？我根本沒有那麼多手和腳。」

可憐的蚰蜒完全不受歡迎。最後，甚至有小朋友說：「蜻蜓哥哥，請你當蚰蜒吧。」蚰蜒……我忍不住嘆了一口氣。其實，蚰蜒也有牠可愛的地方，沒想到，在天空中飛的蜻蜓竟然要學在地上爬的蚰蜒，但我不能退縮。所以，我，蜻蜓，就在一雙雙小眼睛的注視下，變成了蚰蜒。我脫下鞋子和襪子，趴在地上，用四隻手腳盡可能學蚰蜒的樣子動來動去，拖著身體緩緩前進。結果，妳知道他們怎麼說嗎？

「怎麼有這麼瘦的蚰蜒？」

蚰蜒本來就很瘦。而且，他們還吆喝著：「向前爬，向前爬。」我真的緩緩向前爬，差不多爬了將近二十公尺，可把我累慘了。鼻尖都刮傷了，小石頭也都吃進了手掌。因為很痛，我用舌頭舔了舔，發現很澀。原來，泥土的味道很澀。我試了之後，才體會到蚰蜒的偉大。所以，我蜻蜓的生活一點都不寂寞。

琪琪，改天再寫信給妳。最後，致上我充滿真心的祝福。

唧、唧、唧蜻蜓

琪琪忍不住笑了起來。

「啊喲，蜻蜓竟然去舔泥土。吉吉，如果要變成蟲，你想變成哪一種蟲？」

「我才不想變成蟲。因為會被貓抓來吃進肚子。」

吉吉露出一臉「為什麼要問這種蠢問題」的表情，不屑的把臉轉到一旁。

「喂，吉吉，等一下啦。這封信的最後寫著唧、唧、唧。蚰蜒會發出唧、唧、唧的叫聲嗎？」

「那是壁虎的叫聲。這不是蜻蜓的叫聲吧？」

然後吉吉小聲的嘀咕說：「蜻蜓想要說的應該是啾、啾、啾吧？真是沒膽量，偏偏在關鍵的時候漏氣。」

吉吉用紅紅的舌頭舔著鼻尖。

4 零星屋

「咦？」

正往西飛行的琪琪在轉向北方的那一刻，立刻鬆開掃帚，摸著臉頰。她的臉頰感受到一陣涼涼的風，但馬上又變成了溫暖的風。

開始吹這種忽冷忽熱的風時，夏天就快接近尾聲……

琪琪縮了縮脖子，感到有點寂寞。

「海淘氣風」是克里克城每年盛夏的特色，但今年只吹了小淘氣風。克里克灣捕獲的鮮魚愈來愈好吃，蔬果店的店門口也開始陳列飽滿的茄子和青蘋果。

克里克城的一年慢慢的、慢慢的，即將在平靜中畫上句點。所謂平靜，就是沒有發生任何可以畫上大大驚嘆號的事。琪琪的生活就是如此。她和蜻蜓之間每個月通兩、三封信，他們的信中不會寫那些令心情產生驚嘆號的內容。琪琪有時會試著寫令人產生三個驚嘆號心情的信，但每次都不敢寄出去。

「……真是的，連我都開始著急了。」

吉吉每次都叫琪琪把寫到一半的信讀給牠聽，覺得實在看不下去了。

「不好意思，不過，這樣就好。」

琪琪把信揉成一團，收了起來。「這麼一來，我的心情就可以平靜下來。吉吉，你有時候也會有那種被人拋棄的感覺吧？有時候也會感到寂寞吧？」

「沒有，我沒問題。即使我一個人，妳也不用在意我。」

吉吉雙眼擠在一起，抬頭看著琪琪。

「你不要逞強，你會永遠和我在一起。無論發生什麼事，都會在一起。」

「琪琪，妳說話怎麼顛三倒四的，現在不是談我的問題。對了，妳應該把剛才的這句話說給蜻蜓聽。」

「……」

琪琪默然不語的看著揉成一團的信。

「這樣好像我一頭熱。」

「啊——我就說嘛，真是搞不懂，太複雜了，真是搞不懂。」吉吉嘆著氣。

「哼，你少自以為是了。」琪琪瞪著吉吉回答。

琪琪再度改變飛行方向，遙望著遠方。今天的天氣格外晴朗，空氣很清澈，可以看到遠處的層巒疊嶂。風把琪琪的頭髮吹向腦後。

根種草
種粒草
頭草
眼珠草
藤種草

琪琪哼著淨化藥草時的歌。不知道那個圓點湯的女孩怎麼了?至今仍然沒有收到她的信。

琪琪的藥草已經順利收成完畢，她喝了一口剛完成的「噴嚏藥」，頓時渾身有種安心的感覺。她完成的噴嚏藥量不多也不少，每年都剛剛好。之後，只要等十月十五日的夜晚，收割田裡留下的草作為種子，到明年春天的淨化之夜前，都要放在陰暗的架子上。琪琪飛行的時候，在天空中寫了大大的「秋」、「天」兩個字。

照理說，內心應該沒有任何不安；照理說，心情應該十分平靜。然而，琪琪的內心卻沒來由的感到心慌，感到消沉。

鈴鈴鈴鈴鈴。

電話鈴聲響了。

「呃，請問是琪琪嗎？」

電話中傳來一個很客氣的聲音。

「是。」

「可不可以麻煩妳一件事？我想請妳幫我送一個小東西，很小很小。」

琪琪曾經聽過這個聲音。

「沒問題，魔女宅急便可以送任何東西。」

琪琪恢復往日的活力說道。

「謝謝，我這裡是零星屋。」

「啊！」琪琪忍不住驚叫一聲。

「不好意思，因為客人急著要。」

對方的聲音很急促。

「好，我馬上過去。」

琪琪抱起吉吉，立刻衝出門外。

「妳不要像抱小孩一樣抱我嘛。」

吉吉痛苦的掙扎著。

「呵呵呵，零星屋。」

琪琪大聲叫了起來。

零星屋就在鐘樓周圍的老街那裡，與格格船長的家在同一區。那裡有很多小路，在其中最窄的一條路上，擠滿了許多小商店。「零星屋」就是其中一家，也是琪琪這陣子很喜歡的店。那家商店由一個名叫絲絲的女人獨自經營，在線圈形的看板上，寫著「零星屋：線、鈕釦」。當然，「零星屋」並不只賣線和鈕釦而已，店如其名，店裡賣五花八門的商品。想要做什麼東西，都可以在那裡買到。比方說……首先是線、針、別針、拉鍊、捲尺、尺、剪刀、鑷子、粉筆、繩子、紙樣，還有其他零零星星的物品。蕾絲和緞帶從天花板上像雨絲一樣垂下來；鈕釦都裝在玻璃瓶裡，窗邊就放了好幾個這樣的玻璃瓶，裡面的每一顆鈕釦都是令人忍不住垂涎的漂亮顏色；捲成細長形的布整齊的排在淺色的棚架上，也有的揉成一團放在腳下的大籃子裡。琪琪最喜歡的就是那些碎布。紙箱裡放滿各式各樣、大小不一的布，有小圓點、花卉圖案、條紋和格子圖案。把這些布連接起來，應該可以包圍整個克里克城。

琪琪也曾經想過，如果有朝一日開店，她也要開鈕釦店。她要把許多鈕釦縫在魔女的黑衣服上，到處叫賣「要買鈕釦嗎？要買鈕釦嗎？」。這是全世界最小、最簡單的店，當她想到這個點子時，還很得意呢。

琪琪在小路降落，走向零星屋後，往櫥窗張望了一下。櫥窗裡放了一棵小樹，樹枝上綁了各種緞帶，鈕釦就像櫻桃、葡萄一樣垂在樹枝上。正上方的電燈好像來自天堂的光般照在樹上。這是特地為豐收的秋天所裝飾的。參觀這家店每一季的裝飾，是琪琪的樂趣之一。

琪琪輕輕推開門，門鈴發出噹啷的聲音。

「琪琪，妳速度真快。」

絲絲小姐從裡面走了出來，她的頭上綁了很多小蝴蝶結。

「我要拜託妳的真的是一件很小的事，只有一枚鈕釦而已，妳應該知道吧？」

絲絲小姐鬆開握著的手。她的手心放了一枚皮革的鈕釦。

「對，那當然，那當然，小事一樁。」

琪琪唱著歌，打著節拍說道。

「維小姐說，她缺一顆鈕釦，說是要馬上送去。啊喲……妳應該知道維小姐吧？就是大家都在討論的那個維小姐！」

「就是『什麼都有市集』的維小姐嗎？我認識呀……大家都在討論什麼？」

「就是戀愛中的維小姐啊，呵呵呵。」

「戀愛？」琪琪心頭一驚。如今，她對這個字眼格外敏感。

她想起來克里克城的第二年，應該是夏天的時候，曾經在林蔭大道有許多路邊攤的五花八門市見過維小姐。她在賣二手衣的同時還寫詩。

心在痛
即使閉上眼睛
即使屏氣凝神
還是心痛

讀了這首據說是她自己寫的詩給琪琪聽，然後，她對琪琪說：「這是情詩。」沒想到那位維小姐竟然成為大家口中戀愛中的女人。哇，不得了。琪琪在心裡想道，然後，不禁想起維小姐當時的表情。雖然她沒有化妝，卻雙眼發亮，笑容特別漂亮。

「維小姐……戀愛了？真的嗎？好羨慕。」琪琪說。

「啊喲？琪琪，妳不是也在戀愛嗎？」

「呵呵。」

琪琪低頭笑了起來。坐在她肩上的吉吉用鼻子「哼」了一聲，好像在嘲笑她。

「妳知道維小姐的男朋友是誰嗎？」

絲絲小姐故意調皮的張大眼睛。

「這……我不知道啦。」

「提示……在鐘樓下工作的人……」

「咦？該不會是轉動大鐘的爺爺吧？不、不可能吧。難道是市長先生？」

「答對了。似乎就是，大家都這麼說。」

絲絲小姐聳了聳肩。她誇張的樣子似乎對後續發展充滿期待。

「我很贊成。維小姐雖然有點與眾不同，但她心地很善良。如果他們在一起，整天忙於工作的市長也可以放鬆一下心情。市長先生雖然很了解市民，卻不太了解微妙的女人心。真是讓人擔心，這是最大的問題。」

琪琪聽著絲絲小姐的話，想像著維小姐和市長手拉著手走在街上的樣子，不時用力點頭說「我知道，我知道，我知道得很清楚」的市長先生，能夠理解維小姐「心在痛」的心情嗎？他們似乎很相配……但似乎又很令人擔心……

琪琪握著鈕釦，飛向什麼都有市集。當年琪琪在維小姐的店，和其他客人爭著買花洋裝，已經過了五年。那次之後，琪琪曾經多次路過，但這條路並沒有太大變化。最近，來這裡的人似乎比以前多了一些，路上放了好幾張和樹葉相同的綠色新長椅，這些顏色巧妙的融入了公園的風景。

市長先生在這方面的品味真的很好，他應該可以體會到維小姐的優點。

維小姐把衣服掛在樹枝上，坐在樹下當成店面的椅子上。和以前一樣，留著好像用剪刀一刀剪下的髮型。

「咦？這不是琪琪嗎？好久不見。」維小姐站了起來。

「真的好久不見了。」

「我時常看到妳在天空飛來飛去，每次都覺得，那時候的天空，好像和平時不一樣，是不是很奇怪？正因為有妳這麼可愛的魔女，克里克城的天空才是真正的天空……會覺得心情特別愉快，好像天空和我連成了一體。妳已經是這個城市不可或缺的一部分了。」

「哇，謝謝妳，聽了真不好意思。不愧是維小姐，說的話特別優美，和天空連成一體……」

琪琪笑著，微微欠了欠身。

「啊，對了，對了，我今天受絲絲小姐之託，為妳送鈕釦過來。來，這是鈕釦。還來得及嗎？」

琪琪用力張開手。

「啊，咯咯咯咯。」

維小姐開心的笑了起來。

「腰身比我原先以為的大，所以鈕釦不夠用了。我打算今天完成，才會這麼急著要鈕釦。」

維小姐打開一旁的袋子，拿出一大塊拼布衣。

「妳看，就是這件背心。」

這是一件各種不同的綠色小布塊仔細縫製而成的背心。領口的地方斜斜的，領口下方開始有一排釦子。

「維小姐，這是妳做的嗎？這些綠色好像是各種不同的葉子，好漂亮。」

「對，我一塊一塊拼起來的，一針一線縫好……彷彿把心連在一起。這和寫詩的感覺很像。」

維小姐從旁邊的箱子拿出已經穿好線的針，用熟練的手勢將琪琪帶來的釦子縫上去，再把釦子扣了起來，「啪」的一聲把衣服拉平，小心翼翼的摺好。

「這樣就大功告成了。」

維小姐把背心拿到胸前，緊緊的抱在懷裡，似乎稍稍猶豫了一下，眼睛左右轉動著。

「聽我說，琪琪，我想……麻煩妳一件事。」

維小姐彷彿終於下定決心似的，把背心遞給琪琪。

「我想請妳代替我送這件背心。」

「啊？」

琪琪十分意外。因為，她猜想，應該是要送給大家盛傳的市長先生。

「請妳幫我送給鐘樓下的市長先生。」

果然沒錯！但為什麼她不自己送過去呢？

維小姐垂下眼睛。

「為什麼？維小姐，我覺得妳親自送去比較好。這是妳親手縫的，當然應該由縫製的人親手送到。」

「沒關係，拜託妳。」

維小姐格外害羞的縮著肩膀，完全不像平時的她。

「拜託妳啦。請妳轉告他，等天氣冷了，請他穿上這件衣服。」

維小姐把背心塞到琪琪手上。

「我已經把信放在口袋裡了。」

如果我做了這麼棒的衣服，就會驕傲的親自送去。維小姐實在太不可思議了！

琪琪來到鐘樓。

市長先生正挽起袖子，低頭寫著什麼。他不時伸手用計算機計算著，嘴裡發出「嗯——」的聲音。看到他那麼認真，琪琪不敢驚動他，小聲的在虛掩的門上咚咚的敲著。

「啊喲，好久不見，琪琪。」

市長先生放下筆，張開雙手，額頭上冒著汗珠。維小姐說的沒錯，他的肚子真的大了很多。

琪琪剛來這個城市時，市長先生才剛當上市長，還是一個年輕、有活力的青年，如今，已經是一個叔叔了，但感覺很勤快。

「維小姐叫我送東西來。就是什麼都有市集的……」

琪琪拿出背心，市長先生頓

時紅了臉。

「維小姐請你天氣冷的時候穿，還有，背心的口袋裡有一封信。」

「信？」

市長先生的身體動了一下，隨即一言不發的撫摸著背心，垂下眼睛。

「真傷腦筋。」

他嘴裡發出一絲好像嘆息的聲音。

「她常常寄信給我……妳也看看吧。」

市長先生把信遞給琪琪。

「我實在看不懂其中的意思，好像是詩……我只知道這一點。」

市長先生深感歉意的縮著身體。

「如果我要求對方告訴我到底是什麼意思，似乎很失禮……如果大家知道市長連詩都看不懂，可能會對這個城市的教育產生不安……」

信上寫著一首詩。

嘩、嘩、嘩
每次都到那裡而已
每次都只聽到腳步聲
海浪先生
這裡，在這裡
貝殼在這裡

「呼——」

市長先生又嘆了一口氣，探頭看著信。

「魔女小姐，妳看得懂這首詩嗎？」

「對，大致知道……好美的詩。」

琪琪覺得這首詩很符合自己此刻的心情。

「我也大致知道意思，我想，這首詩應該是在海邊寫的。海浪的聲音嘩嘩嘩……真是令人心情平靜的聲音。我也覺得是一首很美的詩。但是，我想，這首詩應該想要表達某些意思。上面寫著，每次都到那裡而已，其實，這個城市已經努力保持海邊的清潔……」

市長先生垂下眼睛。琪琪也低著頭，努力憋笑。真是個不解風情的大笨蛋。琪琪愈是告訴自己不能笑，愈覺得實在太好笑了。

「市長先生，您真的是一位很稱職的市長，滿腦子都是克里克城的事。」

「那當然，妳說的沒錯。」

市長先生用力挺起胸膛，似乎在說，本來就該這樣。

「接下來是海浪的問題，上次我記得是石頭。我記得……那封信應該在這裡。」

說著，市長先生從辦公桌的桌墊下拿出一張相同的信紙。上面是這樣寫的：

咕隆咚，咕隆咚
我的石頭先生
滾來滾去，忙來忙去
咕隆咚，咕隆咚，辛苦了

「這首詩我稍微看懂一點，滾來滾去、忙來忙去的這塊石頭，應該就是指我。咕隆咚，根本就是在說我。」

市長先生啪、啪的拍著肚子苦笑著。

「她一定是很擔心，所以才鼓勵我。這次寫的是大海，琪琪，妳剛才說大致了解意思，可不可以說說妳的意見？」

「我想，海浪應該指的是市長先生，貝殼應該代表維小姐。我想，這應該是一首很美的情詩。」

「啪嚕！」

市長先生的嘴裡發出好像有東西滾動的聲音。

「啊喲，啊喲。」

市長先生慌忙從口袋裡拿出手帕，擦著額頭上的汗水。

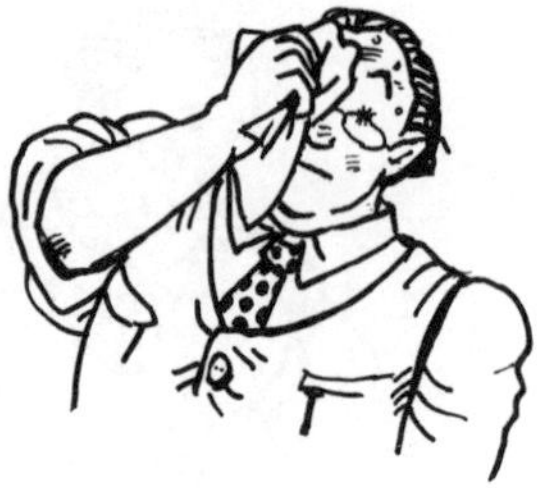

琪琪抬頭看著市長先生。

「我想，這首詩應該是這個意思……沒有錯……

嘩、嘩、嘩
雖然已經近在眼前
每次都到那裡而已
每次都只聽到腳步聲就離開了
像海浪般的市長先生
我在這裡
像貝殼一樣，在這裡等待著你

這首詩充滿了維小姐內心的感情。好美妙的一首詩！」

琪琪也有點害羞起來，拚命揮著雙手。市長先生凝視著遠方，額頭上的汗水更亮了，幾乎快要滴下來了。

「嗯……」

過了好一會兒，市長先生才吐出了幾個字。

「怎麼樣好呢。」

他重複著剛才那句話，看著那封信。

「嗯，嗯，原來是這樣……詩這種似懂非懂的特質，才讓人怦然心動。」

市長先生用手摸著脖子，似乎在掩飾自己的不好意思，但他顯然很高興。

「我要怎麼回信……如果不回信會很失禮……呃，呃。」

市長先生呻吟著，再度注視著遠方。這時，突然抬頭挺胸的大聲叫著「海岸線」這三個字。

琪琪嚇得跳了起來。

「嗯，好，『海岸線』，就這麼辦。既然有海浪，就會有海岸線！嗯，嗯，『我是克里克的海岸線，東西綿延五十三公里』，妳覺得怎麼樣？然後……『我用長長的手，守護克里克城。大浪小浪都乖乖聽我的話，馴服吧。』

嗯，寫好了。這樣就大功告成了。琪琪，妳覺得怎麼樣？」

市長先生得意的挺起胸膛。

「呃，市長先生，你忘了小貝殼嗎？」琪琪戰戰兢兢的問道。

「啊。」市長先生的臉頓時又紅了起來。

「對喔。那要在最後再加一句。」

市長先生閉上眼睛，努力思考著，嘴裡念念有詞。不一會兒，他睜開眼睛，下定決心似的說：「嗯，『並肩』這個字眼不錯。」

清晨，太陽升起……

和緊握的貝殼並肩……一起大聲呼喊「早安！」

傍晚，太陽下山時……

和緊握的貝殼並肩一起大聲呼喊「明天見！」

「啊。」琪琪忍不住歡呼：「太棒了，好厲害。好美的詩，太美了！」

吉吉也在琪琪的腳下喃喃的說：「真有兩下子。」

「是嗎？可以嗎？真的嗎？琪琪，我現在立刻就寫在信紙上，可不可以請妳幫我送給維小姐？」

市長先生打開抽屜，拿出一張白紙。

「不，我拒絕。」琪琪語氣堅決的說。

「啊？不行嗎？琪琪的宅急便不是不會拒絕任何客人嗎？」

「不行，只有這次不行。市長先生，你要親自咕隆咚、咕隆咚的跑去送信，這麼一來，所有的問題都解決了。市長先生，你去的時候，不要忘記穿上這件背心。」

琪琪說完這句話，市長先生還來不及說話，她已經轉身衝出房間。吉吉慌忙跟了上去。一走到大樓外，琪琪「哈、哈、哈」的拚命喘氣，大笑著說：「他們真是會給人添麻煩。」

「琪琪，妳自己還不是一樣。」

吉吉說。琪琪內心不禁湧起一絲寂寞。

「琪琪，妳也來寫詩吧，或許事情會變得順利起來。蜻蜓不是寫了一堆昆蟲的事嗎？琪琪，妳有沒有什麼主題？比方說，妳最擅長的事。」

「……當然有。我不是有掃帚嗎？我會飛啊，怎樣？」琪琪用力聳起肩膀。

吉吉的嘴一歪，馬上頂了回去。

「什麼怎樣？妳也只會飛啊，怎樣？」

琪琪一回去，零星屋的絲絲小姐立刻上前打聽：「那個鈕釦用在什麼地方？上衣嗎？」

「絲絲小姐，妳想知道嗎？」

「當然想啊，我最喜歡八卦了！因為，我自己完全沒有緋聞。不過，這個緋聞可能會變成克里克城最大的一樁。好期待，好興奮。」

「那我就告訴妳。」

琪琪賣關子的左右搖晃著身體。

「是用在背心上。」

「啊，是不是綠色的背心？」

「答對了！」

「原來是做成背心。維小姐說，她喜歡小草的顏色，從那個碎布箱裡找了很多綠色的布，最後買了一百塊布。原來她一針一線的用那些碎布做了一件背心。」

「真的嗎？好厲害，原來是這麼了不起的背心。」

「一針一線，把心連在一起……」

絲絲小姐把雙手放在胸前，深有感慨的說。

「那我也要來試試。」琪琪喃喃的說道。

「對啊，零星屋不光賣布，還是讓大家的心連在一起的商店。來，妳可以隨意挑選自己喜愛的布。妳幫了我的忙，我可以算妳便宜一些。」

絲絲小姐露出老闆的表情。

「一定要一百塊布嗎……」

琪琪把手伸進裝了許多碎布的箱子，擔心的說：「琪琪，妳也要做背心嗎？」

「很奇怪嗎……」

「背心太老氣了吧。」

「……」琪琪陷入沉思。這時，她突然想起蜻蜓的信裡寫的那句：「琪琪，妳想要怎樣的巢？」

「我要做窗簾。」

「店裡用的嗎？」

絲絲小姐露出詫異的表情。琪琪的臉頰頓時紅了起來。

「沒有啦，我還沒決定……」

琪琪好不容易才把「我的巢」這幾句吞了下去。

「好，好，我知道了。不過，窗簾不好做，必須用很多布才能拼起來。無論多麼有心，還是很不容易，也許需要一千塊布。可能需要更多，而且，要一針一線縫起來。」

「什麼？一千塊布？」

琪琪慌忙把手從箱子上拿開，嘴裡嘀咕著：「一千塊。」渾身一動也不動。

「妳還打算做嗎？」

吉吉在一旁問道，但牠的眼神說著：「不可能，不可能。」琪琪一看到吉吉的這個眼神，決定不能放棄。

「呃，絲絲小姐，有沒有裁成比較大塊的碎布？」

「當然有，但那已經不叫碎布了……有兩倍大、三倍大、十倍大的，還有沒有裁開的布。」

「真的嗎？如果有十倍大，只要一百塊；二十倍大的只要五十塊就夠了。就這麼辦。我要用五十塊縫起來，一針一線，連同我的心一起縫進去。」

琪琪興高采烈的說。但她太興奮了，聲音有點沙啞。

「用大塊的布縫製，代表縫起開闊的心。」吉吉調侃的說。

琪琪從箱子裡挑出水藍色的布，想像著晴空般色彩的窗簾隨風飄揚的樣子。

今年應該來不及了。雖然我很希望這可以成為二十歲前最後的紀念品……

蜻蜓又寄信來了：

琪琪，謝謝妳寫信給我。我為市長先生和維小姐的事鼓掌。

所以，我也來……寫詩……

蜻蜓很沉默，很抱歉
拚命張著嘴，傷透腦筋
只能動動翅膀
但還是很沉默
明知道很傷腦筋，卻還是沉默

5 交給掃帚

嗶、嗶嗶——

一陣像口哨般的聲音，好像在呼喚著誰。

「咦？」

琪琪的表情立刻變了。這時，又傳來嗶嗶——的聲音。

琪琪慌忙衝出門外四處張望著，還微微踮起腳，看著古喬爵麵包店前的馬路。淡淡的朝靄籠罩著四周，可以隱約看到一抹朦朧的身影，騎著腳踏車從遠處慢慢靠近。琪琪斜著身體，探頭張望。騎腳踏車的男人轉眼之間靠近，向琪琪輕輕點點

頭，騎了過去。腳踏車前的籃子裡，新鮮的地榆花不停的點著頭。

什麼嘛？

琪琪無趣的站直身體。

「琪琪，妳是不是以為某人在吹口哨？」

吉吉從屋裡走了出來，抬頭看著琪琪，直截了當的說。

「你、我、他都是某人……真是的。大海也是，河流也是，天空也是。」

吉吉突然爬到牆上，說了聲：「看我。」把身體縮成一團，轉了一圈，跳到了地上。

「這動作叫貓式自由自在。如果忘記這個動作就會受傷，琪琪，我也要忠告妳，不要讓自己受傷。就要像貓一樣渾身放鬆，保持像貓一樣柔軟的心。琪琪，妳最好也學一學。妳這個人成見很深，很容易鑽牛角尖。」吉吉一臉嚴肅的說道。

「啊喲，一大清早就在說教？這和口哨有什

麼關係？」

嗶、嗶嗶——

又一次傳來這個聲音。

「看，果然是口哨吧。」

琪琪再度探出身體看向遠方。

「妳看，果然在鑽牛角尖吧。那是水壺的聲音。水開的時候，水壺會發出口哨的聲音。水壺也會吹口哨，鳶也會吹口哨。當然，男人也會吹口哨。」

琪琪上下打量著吉吉。

「你少說大話了……」

「這就是魔女貓自由自在的心！妳應該理解。」

吉吉用力閉上眼睛。

「琪琪，早安。」

索娜太太從麵包店探出頭說：「妳還沒吃早餐吧？我泡了茶，要不要一起？」

「好啊，太高興了。」琪琪回答。

「我就說吧，果然是水壺的叫聲。我猜中了。」吉吉說。

索娜太太在廚房剛烤好熱騰騰的奶油麵包，和克里克城秋天的特產炒豆茶在桌上冒著熱氣。瓦斯爐上的水壺仍然輕輕吹著口哨。

「這是昨晚剩下的……」

索娜太太拿出肉丸和許多越橘果醬。

絞肉丸和甜甜的果醬！

來到克里克城的第一年秋天，索娜太太也請她吃過這道料理。看到肉丸和果醬的奇妙組合，琪琪忍不住皺起眉頭。這是她之前從來沒有想過的搭配，光看就覺得很噁心，根本無意品嘗。她還沒動手，就已經認為絕對不可能好吃。但看到吉吉在索娜太太的推薦下享用後，琪琪也戰戰兢兢的嘗了幾口，沒想到竟然格外美味！如今，這已經成為琪琪最喜歡的料理。當時，琪琪也輸給了吉吉的自由冒險精神。

每年初秋的時候，克里克城的人都會相約一起去北方森林裡採越橘。然後，把採收到的越橘做成果醬。每家每戶都會做肉丸子，沾越橘果醬一起吃。

「肉丸要多放一點胡椒。這是這道料理的祕訣。」

索娜太太這麼教琪琪。

「諾諾，吃飯囉。琪琪和吉吉也在，趕快來吃吧。」

索娜太太對著裡面叫道。

「啦啦啦。」

諾諾唱著歌跑了出來。向來喜歡穿裙子的諾諾今天難得穿著短褲、白襪和白球鞋，展露出修長雙腿。已經七歲的諾諾不再像小時候那樣，有雙胖胖的嬰兒腿。她的肩上扛著一把用細枝綁在一起的掃帚。

「啊喲，今天好有活力。」

諾諾的爸爸福克奧先生停下正準備拿茶杯的手。奧雷坐在他的膝蓋上搖晃著身體，

啃著麵包。

「今天早上我不用吃早餐。」諾諾說。

「什麼意思？為什麼不吃早餐？」索娜太太看著諾諾這身少見的打扮。

「之前的風暴吹落很多樹葉，我要去打掃林蔭道。我們學校的同學都要去，我負責掃地。還有篝火組和烤地瓜組，打掃結束後，大家一起升火烤地瓜來吃，所以，我要空著肚子去。」

「啊喲，真了不起。拿著掃帚就是打掃組，太帥了。」

「對啊，琪琪也是打掃組。妳要帶掃帚一起來參加喲。」

諾諾揮了揮掃帚，對琪琪說道。

「真的耶，琪琪根本就是打掃組的最佳代表。」

索娜太太也開心的看著琪琪。

「當……當然，我當然會幫忙。妳應該早一點通知我嘛。」

琪琪慌忙衝回去拿掃帚。

「等……等等我。」

吉吉也跟了上去。

從海邊筆直向市中心延伸的寬敞林蔭道上滿是落葉。原本以為今年只有一個小淘氣風，沒想到竟然難得出現了第二個，林蔭道上都是從樹上吹落的樹葉。走在林蔭道上時，雙腳都會被埋進落葉中，連鞋子都被淹沒了。即使沒有風，也會有落葉飄起來，然後，好像在邀請其他落葉起舞般，許多落葉都跟著一塊轉起旋渦，快樂的玩耍著。諾諾一路跑著，向要好的同學打完招呼，立刻開始打掃落葉。然而，無論怎麼掃、怎麼掃，落葉仍然朝向空地聚集。

「諾諾，好像要從角落開始掃。」

琪琪對諾諾說完，也開始掃了起來。沙、沙、沙，掃地的聲音格外好聽。琪琪從來不知道用掃帚掃地是一件如此心情舒暢的事。雖然這是掃帚原本的功能，是天經地義的事，但她感到格外新鮮。掃在一起的落葉很快堆成一座小山。吉吉好像找到了一張新的床，忙著鑽進落葉堆裡。

「喂，喂，同學。」

琪琪對從剛才就一直看著自己的男孩說。

「可不可以把這些樹葉裝進那裡的袋子？」

吉吉從舒服的落葉堆中探出頭，看了琪琪一眼。

「妳叫我嗎？」

男孩把下巴伸到琪琪面前。

「對啊，這裡除了你還有誰？」

看到男孩氣勢凌人的態度，琪琪冷冷的對他說道。

「我可以幫妳裝，但妳會給我酬勞嗎？只要三顆有魔法的糖果就好。」

「什麼？」

琪琪停下正在掃地的手。

「根本沒有這種魔法。」

「妳的意思是，妳做不到嗎？」

琪琪瞪大眼睛。

「不願意就算了，我也不拜託你了。我的魔法只會騎著掃帚飛，真對不起啊。」

「原來，魔法的掃帚也可以拿來掃地。」

「對啊，本來就是這樣。」

琪琪頓時就像在天空中飛的時候那樣握著掃帚柄。

「我還以為魔女的掃帚很特別，真令人失望。」

男孩誇張的皺了皺眉頭。

「真是抱歉，讓你失望了。掃帚就是掃帚，原本就是用來掃地的。」
「但妳不是會飛嗎？」
「不是掃帚飛，是我在飛。我是魔女，知道嗎？」
這是琪琪重複多次的話，今天的琪琪特別生氣。不知道為什麼，面對這個小男孩，就是忍不住說一些激怒對方的話。
「我的魔法就是我，懂了嗎？」
「是喔。」
男孩沉思片刻，突然發出嘿嘿嘿的笑聲，整張臉都亮了起來。
「那魔女姊姊，妳用我的掃帚，應該也可以飛吧？」
「沒錯，就是這麼回事。」
琪琪忍不住脫口而出，隨即心想「不妙」，但已經為時太晚。不知道為什麼，琪琪的嘴巴好像中了「說啊，說啊，趕快說啊」的魔法。男孩用力握拳，一副「太好了」的表情。
「那妳用我的掃帚飛飛看啊。」

「不可以飛來玩。」

「這不是玩，而是實驗。」男孩自大的說。

「原來他喜歡做實驗，和某人很像嘛。」吉吉在枯葉堆裡調侃說。

琪琪愈來愈生氣。

「今天不行，今天是打掃的日子。」

「妳不可以敷衍，不可以逃避。」

說完，男孩突然故意改用柔情攻勢。

「不要這麼小氣，只要飛一下下就好，這樣我就原諒妳。」

這句話再度激怒了琪琪。

「我為什麼要你原諒？」

到底是怎麼回事？琪琪的怒火似乎愈燒愈旺。躲在枯葉裡的吉吉開始不安的動來動去，露出「好像大事不妙喔」的表情。

琪琪粗暴的從男孩手上搶過掃帚，立刻跨了上去，雙腳蹬著地面，雖然她只是輕輕一蹬，讓男孩見識一下，但掃帚宛如嚇了一跳，用力蹦了起來，出乎意料的一下子高高的飛過樹頂，比琪琪的掃帚更加用力。

「哇，飛了，我的掃帚飛了。大家快來看，那是我的掃帚。」

男孩的雙手用力揮動，雙腳也拚命跳躍，大聲的叫著。所有在林蔭道上掃地的人都聽到了他的聲音。

事情鬧大了。所有人大排長龍，提出要求，請琪琪用自己的掃帚飛，沒有一個人說：「我不用了。」而且，每個人都希望琪琪騎自己的掃帚飛久一點，甚至有人在自己的掃帚柄上用手帕和圍巾當作緞帶作為記號。

「琪琪是我的朋友，大家請排隊。」

諾諾跑了過來，得意的管理隊伍的秩序。然後又說：「別忘了也要用我的掃帚飛，我可以等到最後。」

「真厲害，魔法實在太厲害了。」
「任何掃帚都可以飛耶。」
「不管是瘦掃帚還是小掃帚，甚至是破掃帚都可以飛！」
「魔法種子轉移到掃帚上了。」
之後，林蔭道的打掃很快就結束了。大家都很高興用曾經飛上天的掃帚繼續打掃。

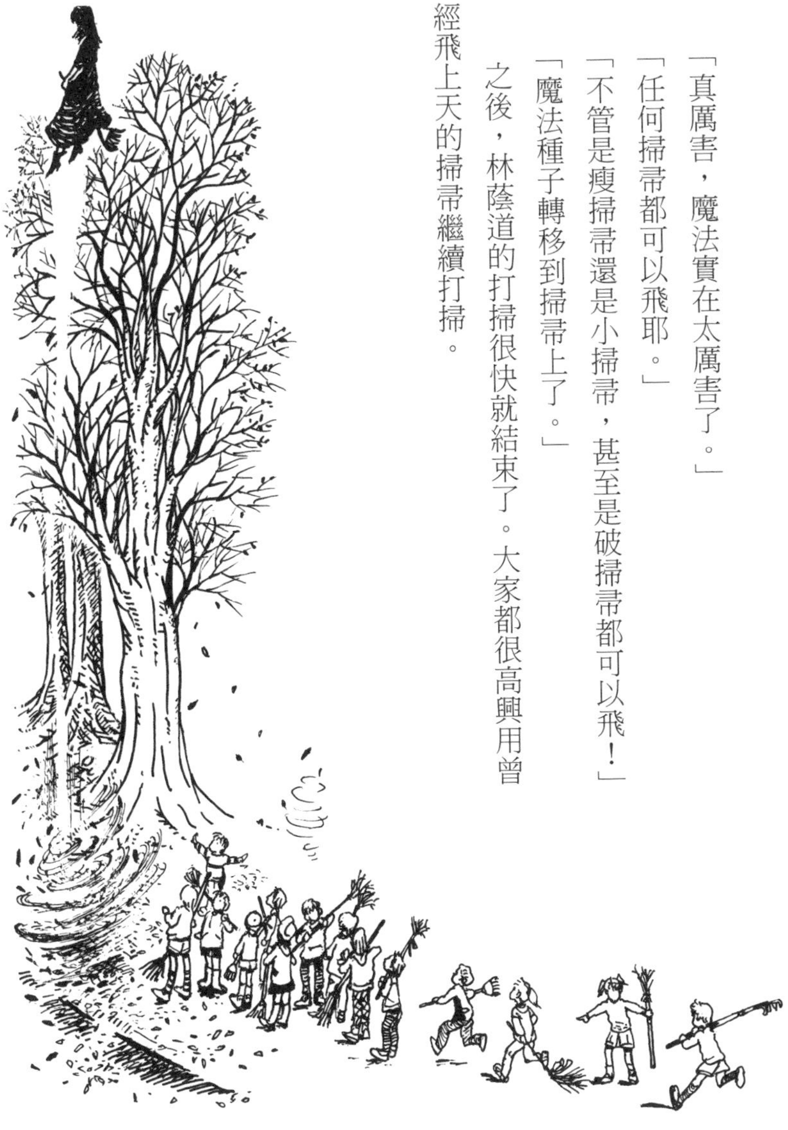

交給掃帚，
交給飛上天的掃帚。

不知道誰說出了這句話。大家隨著節奏把林蔭道打掃得乾乾淨淨。

「魔法掃帚果然不一樣……」所有人都十分滿意。

琪琪分到許多烤地瓜作為犒賞。回家後，不知道為什麼，她感到格外疲倦。琪琪啃著地瓜，覺得自己太沒出息了，而且，她也很在意剛才竟然為了炫耀而飛上天。心情為什麼這麼浮躁？這一陣子的琪琪心情一煩躁，掃帚似乎就會不聽使喚。也許是一直想要炫耀魔法，想要受到矚目的關係。而且，琪琪也只在意自己，忘了對一起工作的掃帚打招呼說：「幫我一起打掃。」

琪琪默默的把沾到掃帚上的枯葉和垃圾一一拿了下來。

掃帚就是掃帚，琪琪才有魔法。但真的是這樣嗎？

琪琪這把掃帚是用柳枝做的，掃帚柄也是用自古以來就被認為具有神奇力量的樹——白蠟樹的樹枝做成的。掃帚和掃帚柄都是生根於大地，接受陽光和雨滴的滋潤成長，兩者都具有生命。即使離開了根，變成了掃帚，也許生命仍然延續著。雖然是魔女琪琪擁有魔法，但掃帚可能也在為魔法效命。

「我要忠告妳，不要讓自己受傷。」

今天早晨，吉吉對琪琪說。

我沒有受傷，但心情卻亂糟糟的！

琪琪正在煩惱，吉吉卻在一旁輕輕發出鼾聲，舒服的睡著了。

6 吉吉改變了

琪琪送東西到城外後回到家，對從她的肩上跳下來的吉吉說：「吉吉，辛苦了，花了好長時間。是不是累了？不知道為什麼，掃帚好像不太聽話，無法飛得很快。這陣子，掃帚很奇怪。」

「沒有，沒有，不客氣。我覺得和平時沒什麼兩樣。」

吉吉微微偏著頭，很客氣的說道。最近，吉吉經常用這種有點像大人、但又有點客套的方式說話。經常說什麼「託妳的福」或是，「不，不，沒這回事」，還有「彼此彼此啦」……

但有時候，吉吉說話的方式特別奇怪，有時候會冷冷的說「真是受不了」，或是「恕我無法奉陪」，也會說一些「這個，那個」之類奇怪的話。

「到底怎麼了？你最近好奇怪，怎麼說話亂七八糟的。」琪琪不滿的說。

「不，沒事。有點像是發智慧熱，不用擔心。」

吉吉果然不太對勁。

「什麼是智慧熱？」琪琪問。

「當小孩子突然長智慧時，就會突然發燒。」

「啊喲，你就像學生，回答得有模有樣的。」

最近，吉吉經常會說這些琪琪不知道的字眼。琪琪每次聽了都覺得心煩意亂，而且，會有一種格外孤單的感覺。

琪琪打開門，正準備走進家門，發現原本跟在身後的吉吉若無其事的左顧右盼，準備去牆的另一側。琪琪的眼角掃到牠的尾巴消失不見了，趕緊踮腳張望著，但吉吉已經不見蹤影。牠為什麼這麼急？好像在逃難？

琪琪一邊追了上去，一邊望著遠方，發現吉吉專心一致的走在遠方的圍牆上。牠好像普通的貓，穩穩當當、熟門熟路的走在高牆上。吉吉平時很少走這種地方。

「好奇怪。」

琪琪原本正打算進屋，但看著吉吉逃也似的離開，害得琪琪也情不自禁的跟了上去。吉吉在圍牆上跑了起來，偷偷跟蹤的琪琪也只能在下面的路拚命跑。吉吉的身影忽隱忽現，琪琪更覺得吉吉一定有什麼重大的祕密。圍牆結束後，是一條通過山丘的小路。或許是吉吉覺得已經安全了，牠開始搖著尾巴，慢條斯理的走了起來。不時聞著路邊盛開的波斯菊，若有所思的用力嘆氣。實在太詭異了。

小路通往一幢白色圍牆圍起的白房子。吉吉好像一團黑色毛球，縱身一跳，跳上白牆後，消失在圍牆內。

這是克里克城最引人注目的房子，山丘上只有這幢像城堡般的

房子，大家都稱它為夕陽館。夕陽照射時，長長的白色圍牆閃著橘色光芒，這裡也是克里克城最晚照到夕陽的地方。那幢房子總是拉上厚實的窗簾，靜悄悄的，好像沒人住在裡面。有一次琪琪飛行經過那幢房子的正上方時，看到這幢房子裡停了好幾輛車子，也聽到了熱鬧的笑聲。

琪琪跟著吉吉，探頭向圍牆內張望。今天，一整排窗戶的窗簾都拉開了，隔著玻璃窗，可以看到裡面的綠色盆栽，還傳來隱約的音樂聲。玄關旁停了一輛紅色腳踏車，吉吉穿過前院，走近房子，縱身跳上窗框。

「喵嗚。」

吉吉小聲的叫著。牠的聲音好像在呢喃。頓時，玻璃窗內出現一隻白貓。白貓比吉吉更加嬌小，脖子上綁了一條藍色緞帶。白貓動了動嘴巴，露出小巧的紅色舌頭，好像在回答吉吉的呼喚。吉吉一聽到牠的叫聲，頓時跳了下來，繞到房子的後方。琪琪也沿著圍牆繞到後方，發現門上小小的貓門打開了，剛才那隻貓跳了出來，很快依偎在吉吉身旁。

「咕嚕咕嚕咕，咕嚕嚕咕嚕嚕嚕。」

即使琪琪站在遠處，似乎也可以聽到牠們在喉嚨裡發出開心的叫聲。吉吉突然跑了起來，白貓緊追了上去。一隻白貓和一隻黑貓時而跑著，時而追著，好像兩團毛球滾來滾去。琪琪彷彿可以聽到牠們打鬧的笑聲，完全不像平時的吉吉，不像是琪琪的貓，而像是普通的貓。

琪琪默然不語的轉身往回走，無趣的垂下雙眼。

身後傳來關門的聲音。琪琪躲在門柱後方，

悄悄的向內觀察，剛好看到一個年輕人從屋內走了出來。年輕人穿著嫩草色的襯衫、白長褲和白球鞋，襪子是和襯衫相同的綠色。轉眼之間，他全身都映入了琪琪的眼簾。他的身材和身上的穿搭都帥氣十足，簡直就像是從雜誌裡走出來的人。

年輕人吹著口哨，推著紅色腳踏車，輕輕的跳上去，踩了一下，穿過虛掩的門。

琪琪慌忙轉身走了起來，聽到「咦？」的一聲，隨即傳來咔、嘎的煞車聲，腳踏車停了下來。

「嗨。」

年輕人看著琪琪。他的眼睛很大，眼睛深處閃著調皮的眼神。

「妳該不會是來找我的？對吧，對吧？」

年輕人偏著頭，好奇的對

她露出笑容。琪琪突然被問，不禁愣了一下，停住腳步。

「還是，妳在等我？對吧，對吧？」

年輕人頓時聳了聳肩，笑了起來。琪琪緊繃著臉，微微的左右搖了搖。年輕人無視琪琪的反應，用更加興奮的聲音說：「不好意思，我今天已經有約。可不可以改天？咦？我以前……見過妳嗎？如果我忘了，還請妳原諒。最近，我實在忙壞了。不過，妳的裙子好漂亮，這個顏色……」

他自顧自的說了起來，腿一繞，從腳踏車上跳下來。

「如果妳要去市中心，我可以陪妳一起走。」

年輕人用沒有握著腳踏車把手的手放在長褲口袋，再度偏著頭。這似乎是他耍帥的動作。

「我叫沙耶奧。」

他大聲的說道，露出自信滿滿的表情。琪琪的雙眼一亮，隨即把頭轉到一旁，突然騎上掃帚，粗暴的把掃帚柄往上一拉，用力飛了起來。

「啊！喔！」

身後傳來腳踏車倒地的聲音。

「啊、啊，原來是魔女，好酷！」

傳來高亢的聲音。

傍晚，吉吉就像影子般閃進家裡。琪琪正低頭縫製著夢想中不知道哪天可以完成的窗簾，抬眼看著吉吉。吉吉沒有說「我回來了」，就突然躺了下來，喉嚨深處發出「喵嗚，咕嚕咕嚕咕嚕嚕」的低沉聲音，仰躺著用背擦著地板，好像完全沒發現琪琪就在那裡。然後，直直的走向自己的床，很快發出均勻的呼吸聲。

「怎麼了？」

琪琪看著縮成一團躺在那裡的吉吉，皺著眉頭。琪琪覺得難以置信，吉吉竟然這麼不把自己放在眼裡，好像對自己視而不見。

第二天早晨，琪琪故意大聲的拉著床單，假裝不經意的問剛起床的吉吉。

「吉吉，你和山丘上那幢房子的白貓是朋友嗎？」

「喵嗚。」

吉吉的回答好像是剛好伸了一個懶腰，然後慢慢伸展身體，再若無其事的轉身離開。

「吉吉。」

琪琪大聲叫住了牠。

「你好好回話呀？最近，你整天都喵嗚喵嗚的，到底怎麼了？你好像忘了我們的話。」

「不好意思，喵嗚。喵麼、喵、喵嗚……就是說不出喵，魔女的話喵。」

吉吉說話時，有一半以上已經是貓話了。

「你說話說清楚一點，我根本聽不懂你在說什麼。」

琪琪彎下腰，靠近吉吉的臉說：「我

們專屬的語言要消失了嗎？」

「也許喵。」

「什麼也許喵？別開玩笑了。我根本聽不懂你在說什麼，你到底怎麼了？」

「因為喵，我被取笑了喵。」

「不要喵來喵去的，你倒是說清楚。我又不是那隻白貓。」

琪琪看著吉吉。在她銳利眼神的注視下，吉吉的身體縮成一團。牠用力咳了一下，拚命搖著頭說：「啊——啊——啊——我要試試嗓子，試試嗓子。」說著，慢慢伸長喉嚨。

「喵，喵，啊喵，太好了。我好像又會說一點魔女貓話了。」

吉吉抬頭挺胸，用力豎起尾巴，開始用平時的話說了起來。

「因為喵，我被取笑了喵，說我說的話很奇怪，說我說話時，夾了幾句奇怪的貓話喵。說我經常說『沒錯，沒錯』、『啊喲喲』或是『對啊，對啊』，感覺像是愣頭愣腦的傻貓喵。」

「誰說的？」

吉吉沒有回答琪琪的問題，繼續說道：「我想利用這個機會調整一下自己的心態喵，要重新學一下貓語喵。用成年貓的貓語說話很帥喵。」

「但是，吉吉，你和我是從嬰兒時代開始一起長大的，那時候，我們只會說嬰兒語，隨著慢慢長大，自然而然的可以聽懂對方說的話。這或許是我們創造的魔法，你認為已經不需要了嗎？」

「但是，如果語言不確定，就會缺乏思想喵。」

「什麼是思想？」

「妳不覺得思想這個字眼很棒嗎？聽說有思想的大人很棒，所以，我想要努力看看，想先暫時把妳和我之間的魔女貓語言的魔法擱置一旁。」

「哼，是嗎？原來你這麼容易受別人影響。」

「琪琪，妳哪有資格說我。對了……琪琪，妳怎麼會知道白貓的事？」

「我看到你走貓路，所以我跟蹤你。」

「妳怎麼可以做這種事？」

「我可以，我當然可以。因為，你以前不是對貓路──對普通貓走的路很不屑一顧嗎？我每次聽你被大家吹捧『可以協助魔女的工作，真厲害』，就感到很自豪。」

「吹捧……妳這麼說太壞心眼了吧？不過沒關係，我就直話直說喵。貓路怎麼了喵，兩隻貓走剛剛好喵。吹的風也是兩隻貓的風，不好意思喵……」

吉吉併攏雙腳，好像在圍牆走路的樣子。

「而且，高處最適合談論未來。臉紅心跳，充滿好像風暴般的力量，不好意思喵……」

琪琪再度用力拍著已經鋪平的床單。

不好意思……不好意思……

牠連續說了兩次。到底是對誰不好意思？假裝很有禮貌，其實只是在炫耀吧？

琪琪突然感到自己的胸口快要撕裂了。

未來……原來吉吉已經在討論未來！哼，真是受夠了。

悄悄離開琪琪的吉吉把頭伸進虛掩的門縫，一臉驚訝的回頭說：「琪琪，有禮物送上門了。」

那是一個可愛的花籃，一個小籃子裡放滿了許多淺粉紅色和白色的波斯菊。上面還插了一張卡片：

今天我有空，我們可以見面。

沙耶奧

琪琪忍不住咬著下脣。她回想起沙耶奧在大門時說的那些失禮的話。現在竟然又自顧自的說「今天可以見面」。他到底是什麼意思？我又沒有拜託他和我見面？真是厚顏無恥。

琪琪氣鼓鼓的吐了一口氣，直接把花籃用力放在地上。

「喵噢，喵噢，哇噢。」

吉吉突然發出激動的聲音。

「琪琪，琪琪，妳剛才是不是說沙耶奧？是不是夕陽館的沙耶奧？琪琪，他邀妳約會嗎？喵噢，嗯，太厲害了。妳會去吧？會去吧？」

「吉吉，你到底在興奮什麼？」

「因為……因為……」

「我為什麼要去？」

「因為，他邀妳啊！他是夕陽館的沙耶奧啊。」

「他認為我一定會去，這算什麼態度！」

琪琪生氣的用力吐了一口氣。

「但是，妳去也無妨啊。」

「這種無禮的邀請，誰會答應啊？」

「不會吧！沒有人會拒絕沙耶奧的邀請耶。」

「吉吉，你為什麼這麼囉嗦？」

「因為，他真的很帥啊。」

「我已經見過了。」

「啊？妳已經見過面了？」

吉吉大叫，從地上跳了起來。

「琪琪，妳動作真快。他是不是很帥？」

「哼，只是一個自戀狂。」

琪琪不以為然的說著，卻不由得想起沙耶奧騎著紅色腳踏車的身影。

他竟敢小看我。

琪琪對自己竟然在腦海中閃過他的身影感到生氣。那戶人家驕傲的貓，還有那個喜歡耍帥的沙耶奧。不管是人還是貓，都很自以為是，試圖闖入琪琪和吉吉的生活，試圖帶走只屬於琪琪和吉吉的語言。

「如果妳去就太好了喵。如果我和妳一起走進那個家喵，娜娜一定會嚇一跳喵。」

吉吉看著遠方，瞇起眼睛，一臉沉醉的說。牠一定想像著自己身為客人，大大方方的從玄關走進那個家，而不是在窗外打暗號的樣子。

「那隻白貓叫娜娜嗎？」

「對，是不是很可愛的名字？牠很受疼愛，脖子上的緞帶每天都會換新的。藝術家的貓就是不一樣。」

「什麼藝術家？」

「琪琪，妳不知道嗎？就是想要創造出這個世界上未曾出現過的美好的人。」

「你是說那個叫沙耶奧的人嗎？好誇張。」

「聽娜娜說，他會做很漂亮的禮服。之前我很自豪的對娜娜說：『我是魔女貓。』牠對我說：『比起做這種童話故事中的貓，我更喜歡活出自我的貓。因為，我家的沙耶奧先生很了不起。』所以，我覺得我也要好好努力，讓自己更有品味，要說漂亮的大人貓的話。」

吉吉雙腳好像邁著舞步，昂首闊步的走來走去。琪琪火冒三丈，拚命忍著想要大聲呼喊的衝動對牠說：「吉吉，對不起，我無法如你所願。娜娜也許是很棒的家貓，但你也是很難得一見的魔女貓。而且，是我琪琪的貓，這點你不要忘記了。」

「喵嗚。」

吉吉張大嘴巴，好像在回答「我知道」，但這是貓語。

第二天，又有禮物上門。早晨起床時，禮物已經放在門口，不知道是什麼時候送來的。這次送的是巧克力，還附了一張卡片。

「魔女小姐，妳最優先！」卡片上這麼寫道。

琪琪把卡片遞到吉吉眼前說：「你看他是怎麼說話的，那種態度，好像是在給我犒賞。」

「妳怎麼會有這種想法？他的意思是說，妳是他最想見的人。」

「這就叫厚臉皮。我才不去，無論你說什麼，我都不會去。」

琪琪語氣強烈的說道，看著手上的巧克力盒子。那盒巧克力大小適中，不會太引人注目。盒子也是淡淡的水藍色，和巧克力很相配。上面的緞帶很低調，好像在說「只是聊表心意」。裡面放著圓形、三角形、四方形和心形四個巧克力。

雖然他說話很霸道，挑選東西倒是滿有品味的……

第三天早晨，又有禮物送上門了。

那是一枝剖面為心形的銀色鉛筆，上面綁著鮮紅色的領結。一旁附了一張像橡皮擦外形的卡片，上面只寫著「……？」和「　」。

「好做作的傢伙！」

琪琪喃喃的說，她難得說話這麼粗魯。

「不是很漂亮的禮物嗎？沙耶奧先生做任何事都與眾不同。因為，他是藝術家嘛。據說他做的禮物連娜娜也一見傾心。」

「囉嗦。」

琪琪忍不住大聲怒斥道，但不知道為什麼，她心裡總是在想這件事。琪琪從未遇過這麼厚臉皮的人，然而，卻讓她萌生一種前所未有的新鮮感。琪琪不喜歡自己有這樣的感覺。吉吉用前腳按著鉛筆說：「他希望妳把答案寫在那個空括號裡。我相信，其實對方也很客氣。」

「你不覺得送鉛筆根本就是強人所難嗎？我才不要寫什麼回答，即使他邀請，我也不會去，反正我就是不去。」

琪琪像小孩子一樣跺著腳說。

「妳的想法愈來愈偏激，愈來愈偏激了。我覺得這樣不太好。」吉吉說。

琪琪跺腳的速度愈來愈快，最後突然大叫起來。

「還不夠，還不夠，還不夠。」
地板也搖晃起來。
「妳怎麼了？」
吉吉十分驚訝。
「沒事。反正還不夠，還不夠啦！」
琪琪用力甩著裙子，再度用力跺著腳。
吉吉跳了起來，躲到房間的角落，縮成一團，抬頭看著琪琪。

7 時裝秀

第二天早晨。

鈴鈴鈴鈴鈴，電話響了。

琪琪拿起電話。

「我想委託宅急便的事。」電話傳來的是男人的聲音。

「是，請說。」

琪琪像平時一樣回答，也像平時一樣抓著裙角，微微欠著身。

「其實……我是沙耶奧。」

琪琪的身體抖了一下。

「喂，不要掛電話。今天我是為工作的事打電話給妳，只要是工作，妳應該不會拒絕吧？妳的工作是『好，好』，而不是『不好，不好』吧。」

「……」

琪琪沒有回答，氣鼓鼓的打算掛電話，意思是說「你鬧夠了沒有」。但自從在克里克城開始送宅急便後，她真的從來沒有拒絕過任何委託。無論再困難的事，她都發揮巧思，盡力完成。她認為這是魔女的使命。

「既然是工作，我樂於聽候吩咐，請問是什麼時候的工作？」

琪琪比平時更有禮貌的回答。但由於太有禮貌了，感覺好像機械在說話。

「沒錯，這是工作。而且，我現在馬上就要委託。」

沙耶奧先生語氣堅定的說。他突然轉換成了工作時的認真語氣。

「好，我了解了。」

琪琪也冷冷的回答，頓時掛上電話，回頭對吉吉說：「工作上門了，要出去了，我們要去『夕陽館』。」

「喵噢。」

吉吉高聲叫著，跳起來轉了兩圈，落地的時候大叫起來。

「我去，我去，我要去。當然要去，當然要去。」

「你到底在興奮什麼？」琪琪瞪著吉吉說。

然而，吉吉並沒有發現琪琪的挖苦。牠用前爪拚命摸著臉，把鬍子梳理漂亮後，跳到鏡子前開始整理身上的毛。

清晨的薄霧繚繞著山丘上的「夕陽館」，好像浮在一片煙霧中。霧茫茫的空氣中傳來鳥啼聲。

「喵呼，喵啦，喵啦啦。」

吉吉坐在掃帚穗上小聲的唱著歌，心情格外高興。

貓哼的歌真難聽。

琪琪忍不住苦笑。

琪琪下了掃帚，一按門柱上的門鈴，門頓時自動打開了，接著，玄關的門也從內側打開，沙耶奧先生就站在門內。

「請進，我在等妳。」

沙耶奧先生的右手指向門內。他說話時表情很認真，和在禮物上附的卡片所寫的話，以及在電話中說話時完全不同，穩重的舉止也很成熟。琪琪向他微笑點頭，一言不發的走了進去，吉吉也跟在琪琪的身後。從明亮的戶外走進屋內，感覺特別昏暗，幾乎看不清楚。吉吉緊張得渾身僵硬，好像輕輕推一下，牠就會倒在地上。牠的眼睛張得特別大，四處張望觀察著。牠的表情實在太認真，琪琪幾乎快要笑出來了。這時，裡面突然傳來一聲：「喵嗚。」

一隻貓跑了出來。是娜娜，是吉吉心儀的女朋友。娜娜一走過來，立刻緊靠著吉吉，把尾巴放在吉吉的背上。

「啊喲，啊喲，你們認識嗎？」沙耶奧先生驚訝的問道。

「喵嗯。」

吉吉仰頭看著沙耶奧先生，簡短有力的回答，牠應該是在表達「很高興見到你」的意思吧。但那是徹底的貓語，琪琪完全聽不懂。

「啊，這我就放心了。」

或許是因為看到兩隻貓相互熟識，沙耶奧先生的身體頓時放鬆下來，看著琪琪的臉也露出笑容。

「我邀請妳很多次，妳都沒接受。不過，我的邀請方式也有問題。這是我第一次這麼辛苦的邀請一個人。但是，魔女小姐……」

「我叫琪琪。」

琪琪打斷沙耶奧先生的話說道。

「妳不用這麼咄咄逼人，沒想到邀請妳會讓我這麼緊張……對不起，但是琪琪、小姐，既然妳是魔女，起碼要有三打男朋友，否則，妳的魔法會變弱喲。」

沙耶奧先生聳了聳肩，誇張的吐了吐舌頭。

「不用你擔心。如果沒有東西要送，我要回去了。」

吉吉立刻跳上琪琪的肩膀。

「喵咕咕，咕嚕咕嚕嚕。」

吉吉這次說的，是琪琪也能聽懂的魔女貓語。「為什麼要這樣?妳一個人不高興，一個人發脾氣，太鑽牛角尖，不是會受傷嗎？」

「喵喵喵。」

娜娜也不知道在說什麼，應該是說：「對啊，對啊。」

琪琪心情更加惡劣，板著臉，站在原地。

「啊，我愈描愈黑了。怎麼辦？其實我只是開開玩笑，這就是我的缺點。」

沙耶奧先生摸著自己的下巴。他轉動著眼睛，微微張著嘴巴，輕輕的嘆了一口氣。

「我果然不太對勁，一定就是這樣。不過，工作歸工作，我隨時需要刺激。一旦產生靈感，就要立刻付諸行動！因為，凡事想半天不如馬上行動，我希望帶著這份雀躍的心情投入工作，也希望可以和妳用這種方式合作。」

和我合作？這是怎麼回事？

「那天，當妳突然飛走時，我深受感動。那股氣勢，擺脫了傳統。」

你要怎麼想是你的自由。

琪琪把頭轉到一旁。

「我終於發現，這就是所謂的純潔。之後，我思考了很久，決定要這麼做。我是認真的，我說的話都是真心的。」

沙耶奧先生自顧自的說了下去。

這個人到底在說什麼？什麼決定、決定！真是一個自私的人！吉吉，鑽牛角尖會受傷的是眼前這個人。

琪琪自言自語的說著氣話，用冷冷的眼神看著沙耶奧先生。吉吉憂慮的在琪琪身旁打轉，娜娜則是一臉擔心的跟在吉吉的身後。

「為了今天委託妳工作，我很認真的思考，帶著慎重的心情打了那通電話，這是千真萬確的。對我來說，這是很重要的事。」

沙耶奧先生的語氣終於平靜下來，按了一下牆上的按鈕。室內頓時亮起一道光，照亮了房間深處。一面牆前陳列了許多禮服。

「我把克里克海傍晚的風景作為今年的主題。我從這個家看著大海，設計了這些衣服，我自己感到很滿足……」

他充滿自信的說道。此刻的琪琪愣住了，根本說不出一句話。雖然她心有不甘，但看到這些漂亮的禮服，的確深受感動。每件禮服的顏色，都像是夕陽下的大海，琪琪覺得那是世界上最美的顏色。

那是從雲端灑落的夕陽色，那是在夕陽下起伏的海浪的顏色。

好幾排的禮服放在一起，克里克灣傍晚的大海彷彿呈現在眼前，真是一幅神奇的景象。

「好像魔法一樣。」

琪琪忍不住嘀咕說。有什麼東西在禮服內閃著光。

「剛才是不是有東西亮了一下？其實那是鈕釦，我特地使用了這種鈕釦，作為夜空中的明星。只要天氣好，一到傍晚，就會搶先出現在那裡的天空中。每天都不會忘記。真的很厲害，當我想到在禮服上運用這個閃爍的光時，不由得暗自感動。」

沙耶奧先生指著窗外的天空說道。

琪琪也很喜歡那顆星，曾經有無數次，她直視著那顆星星飛去。那顆星星似乎也凝視著琪琪，那一刻，琪琪的心深受吸引，好像和那顆星連在一起。每次許願時，她都會飛向那顆星星。但沙耶奧先生說話的語氣，好像那顆星星是他發現的。琪琪原本深受禮服吸引的心再度怒不可遏，沙耶奧這種彬彬有禮的態度中，竟然夾雜著自大……簡直就和吉吉語無倫次的貓話一模一樣。

「啊喲，啊喲。」

通往客廳的走廊另一端傳來說話的聲音。

「沙耶奧，怎麼沒請客人坐呢？」

一位漂亮的老奶奶走了過來。她的一頭銀髮綰在腦後。

「你真是很傷腦筋，整天都在思考怎麼令人驚訝，這是很沒品的事喲。」

「咦？我又做錯什麼了嗎？」

沙耶奧先生頓時露出撒嬌的表情。

「你總是希望保持心動的感覺，但真正美好的事，即使保持自然，仍然很美好，不需要增加其他的噱頭。你的工作能力很強，卻太急躁，不夠穩重，經常一個人不顧一切的向前跑。奶奶很擔心，這個城市和你生活的那個追求新鮮事物、吵鬧的大城市不一樣。而且，不光是普通的不一樣，因為，這是一個和魔女共同生活的城市，是接受了魔女這種不可思議的人，和魔女和睦共處的城市。魔女的確很美好，這個城市的人也很美好。這一點很重要，你千萬不能輕忽。」

「我知道，奶奶。雖然妳說我做事的方式很沒品，但驚訝不是一件很美好的事嗎？因為，或許可以創造出另一個不同的世界。我不想克制自己的這種心情，也不想對自己發出『停止！』的命令，我想繼續奔跑下去。」

「你還是這麼性急，我什麼時候叫你停下來了？」

老奶奶嘴上這麼說，卻隱約透露出樂在其中的表情。

嗯，我並不討厭沙耶奥先生這種尋求變化的心情，確實跑得很快也會有心動的感覺。

琪琪仍然瞪著沙耶奥先生，卻在心裡拚命點頭。

談論未來的地方。

吉吉先前說的這句話，和剛才那句「不同的世界」重疊在一起。

「我發現，最近我們年輕人缺乏冒險精神。我相信琪琪來到這裡時，大家都很驚訝，但現在都覺得琪琪的存在是理所當然。在這個城市，魔女已經變得不稀奇了，我為此感到十分遺憾。琪琪，妳覺得無所謂嗎？魔女的作用並不是這樣的，對吧？應該更加開拓世界，應該更讓人心跳不已。如今，大家已經失去了感受魔法這種不可思議的心。如果不再怦然心動，那和死了有什麼兩樣？魔女小姐，我們要攜手合作，震撼世界，再度成為令人驚訝的存在！」

琪琪默然不語的聽著沙耶奧先生侃侃而談。

什麼震撼！你要誇大的說魔女是令人驚訝的存在是你的事，但不要輕易的說什麼我們。

琪琪仍然很生氣，卻漸漸對獨自愈說愈起勁的沙耶奧先生產生了好奇。沒錯，魔女應該讓人了解，世界上還有許多不可思議的事，不可思議的事可以打動人心、可以創造新的事物。然而，琪琪幾乎快忘了這件事。

雖然這個人很孩子氣……但好像也很成熟……

「是這樣嗎？」

老奶奶偏著頭。

「雖然性急也沒關係，但希望你不要像剝洋蔥皮的猴子。」

老奶奶說著，用力張開握著的手。

「空、空、的。」

「我才沒那麼笨，妳就等著看吧。至今為止，我都不曾失敗過。」

「我說的是以前的事。空、空、的，但其實仍然存在著某些東西，希望你明白這一點。」老奶奶說。

仍然不知道沙耶奧先生會委託琪琪什麼，琪琪對自己是令人驚訝的存在這件事感到心動。

但是我周圍的空氣都文風不動。

琪琪突然想起蜻蜓的臉，然後，慌忙將目光移向那些禮服。雖然沒人觸摸那些禮服，但禮服的下襬輕輕搖動著，好像在向琪琪打暗號。

琪琪一直穿著被稱為「雖然是黑色，卻是魔女黑」的黑色衣服。

我差不多，不，偶爾也可以穿一下漂亮色彩的禮服吧……因為，我十九歲了，大部分的學生到了這個年紀，都可以脫下制服了。

看到美麗的禮服，琪琪幾乎忘了自己身為魔女的立場。以前，這裡的人曾經對她說：「妳偶爾也可以穿一下像女生的衣服嘛。」然而，現在大家都覺得魔女穿黑色是理所當然的。當琪琪在天空飛行，大家也不再感到驚訝。變成理所當然時，或許是一件好事。因為，在這個城市，不可思議已經變成了理所當然。

「怎麼樣？」

看到琪琪正在欣賞那些禮服，沙耶奧先生問道。

「很漂亮。」

琪琪點頭回答道。雖然有點不甘心，但她不得不這麼說。

「大海真的很美。我每次來這裡，都感到很激動。無論陰天、雨天，還有心情寂寞的時候，當然也有心情愉快的時候。只要看到大海，任何不愉快都消失了。應該說，可以把不愉快的心情一掃而光。所以，這次新作品發表時，我想設計出大海顏色的禮服，而且是傍晚時刻的大海。這次的主題雖然有點誇張，但我命名為『穿上不可思議』。我無論如何都想使用『不可思議』這幾個字。結果，我就遇到了妳，而且，妳突然從我的眼前飛了起來，我內心那份不可思議的感覺立刻加倍。我打算在新月那一天的傍晚舉行服裝秀，在晚霞出現的時候上演，到第一顆星星，以及其他的許多星星升上天空的黑夜為止。讓滿月

從舞臺上降落，妳覺得怎麼樣？我只擔心天氣的問題，很希望魔女可以用魔法趕走雨雲。」

沙耶奧一口氣說完，探頭看著琪琪的表情。

「我又不是天氣魔女，如果你擔心天氣的問題，那就什麼事都別想做了。我相信一定會是好天氣。」琪琪說道。

「我想請妳幫我把這些禮服送到會場。」

「要送去哪裡？」

「維瓦市。」

「只要送去那裡就可以嗎？」

「對。不過，要有魔女的特色。」

「這我平時就有。」

「這麼說，沒有問題囉？哇，太好了！」

沙耶奧先生緊握右手，用力舉了起來。

「雖然誇下海口，但老實說，我、我還是新人設計師。大家對這場時裝秀抱有不小的期待，報紙上也評論著我的新奇創意。如果有妳協助，我相信一定可以變成一場轟動的時裝秀，絕對是最棒的，絕對讓大家大開眼界。我的目標，就是要創造出令人瞠目結舌的美麗。」

沙耶奧先生說話的時候，仍然在意著一旁不發一語的老奶奶，不時的用眼角瞥著她。這時，老奶奶站了起來說：「這要由觀眾決定。」然後，就像剛才出現時一樣，靜靜的走回裡面的房間。目送她遠去後，沙耶奧先生說：「奶奶總是等等派，我媽媽和奶奶相反，是衝衝派。」

「媽媽？」

「我的媽媽原本和我一起住在維瓦市，經常在一旁插嘴說『要這麼做』、『要那麼做』。所以，我逃來這裡，想說這次一定要靠自己的力量試試看，要在孤獨中創作。嘿嘿嘿嘿，雖然有點晚，但這是我走上獨立之路。結果，變成奶奶在一旁要求我『慢慢來』、『看清楚肉眼看不到的地方』，我腦袋都昏了。」

沙耶奧先生聳了聳肩，對琪琪苦笑著。

「大人都這樣，也許這代表大人的疼愛。我媽媽應該算是『退退派』，也可以說是『踏踏派』，就是原地踏步派。不過，很多魔女都這樣吧。」

琪琪直視著沙耶奧先生問：「你是什麼派？」

「衝衝派吧，不，可能算是心動派。妳呢？」

「看到這些禮服，我發現我可能很嚮往成為衝衝派的魔女。因為，魔女的存在，就是要讓人感到心動。」

琪琪聳了聳肩，吐了吐舌頭。

「對嘛，就應該這樣。我太高興了。」

沙耶奧先生用力拍了一下手。

「所以，」沙耶奧先生探出身體說道：「我再說一次，我想請妳幫我送那些禮服，就像從大海遠方看不到的世界送來的禮物，一切都是從遠方送來給這個世界上的人，這就是時裝秀的序幕。」

「在維瓦市的哪裡舉行？」

「戶外音樂廳。克里克城不是也有戶外音樂廳嗎？維瓦市的比較大一點。」

「大多少？」

「三倍左右吧……」

「這麼說，觀眾也多三倍嗎？」

「嗯，差不多吧。」

沙耶奧說話的語氣突然吞吐起來。

咦，原來他其實不是那麼有自信，那我就輕鬆多了。

琪琪暗自想道。沙耶奧先生似乎察覺到琪琪表情放鬆下來，再度喋喋不休的說：

「我原本以為會遭到拒絕，所以特地做了一件漂亮的衣服想請妳穿，是衝衝派的衣服喔。」

沙耶奧先生笑著拿出一件大大的，好像斗篷的衣服。

啊喲，怎麼又是黑色的？

琪琪不禁有點失望，原本以為可以穿排在那裡的漂亮禮服……她出門修行時，可琪莉夫人告訴她「傳統規定魔女就是要穿黑裙子」後，她已經對紅色或是粉紅色這些漂亮衣服不抱希望了。每次談到，可琪莉夫人總是會加上「魔女要低調」這句話，不愧是「退退派」。雖然琪琪平時沒有刻意提醒自己，但這兩句話始終讓琪琪覺得綁手綁腳，不敢拋開這兩句話自由行動。至今為止，琪琪曾經穿了兩次花裙子反抗。第一次是向什麼都有市集的維小姐借的花洋裝，第二次是為了和古怪的女孩蔻蔻賭氣，用存了好久的錢買了一件豪華禮服。這兩次的經驗都失敗了，沒有留下美好的回憶。但這次是工作，如果是客戶要求，當然不能拒絕。只要是為了工作，即使穿再亮麗色彩的衣服也沒關係吧，誰知道竟然又是「黑色」！

沙耶奧先生將斗篷遞給琪琪說：「既然是讓魔女琪琪穿的，我覺得還是『黑色』最理想。這件衣服是我設計的，雖說是黑色，卻很獨特，而且是超時尚的黑色。琪琪，妳的黑色很神祕，令人聯想到森林的深處，以及遠方肉眼無法看到的世界；我的黑色蘊藏著宇宙的神祕。我太自吹自擂了，我的野心很大，希望可以讓客人看到屬於我的個性。」

沙耶奧先生「啪」的一聲，攤開斗篷。乍看之下，就是平淡無奇的黑色，當更用力的張大眼睛看，就會發現在黑色深處閃閃發亮。沙耶奧先生把斗篷披在琪琪肩上。沙啦啦、沙啦啦。好像輕聲細語般的聲音包圍了琪琪的身體，穿在身上時，好像披上了滿天的星空。

「嗯，效果不錯。」

沙耶奧先生從上到下、從下到上打量了好幾次。琪琪的身體輕輕一動，身上散發出星辰般的光芒。

「我一定會完美的完成使命！」琪琪忍不住興奮的說道。

我怎麼也變成心動派了。

「我希望妳在太陽下山後，帶著禮服從天而降。有時候天空的顏色不是剛好介於藍色和黑色之間嗎？就是白天慢慢變成黑夜，太陽奔向另一片天空，那片天空即將迎接早晨的時刻。雖說這是理所當然的，但每當這麼想，就會覺得原來世界是一體的，為此而感到很興奮。不過，我小時候看到天色慢慢暗下來就想哭，天空很漂亮，還是很想哭，覺得天空中隱藏著伸手不可及的可怕東西。小孩子不是通常會在傍晚的時候哭嗎？現在我覺得，那一刻的天空是結束和開始的顏色，是悲傷和心動混在一起的顏色。之前，我一直不知道該怎麼表達這份心情，現在看到妳穿這件斗篷，才豁然開朗。小時候我可能就已經隱隱約約感覺到，快樂中隱藏著悲傷，在人生過程中，可能會體驗好幾次這種經驗。也許小孩子可以看到這兩個不同的面向，所以才會想哭。」

沙耶奧先生說話的時候凝望著遠方，似乎若有所思。原本以為他只是一個輕浮的人，沒想到他竟然表現出和之前完全不同的一面。沙耶奧發現吉吉和娜娜正抬頭看著琪琪身穿斗篷的樣子，突然想到似的說：「對了，我都忘了，你們也需要禮服。」

沙耶奧先生打開一旁的抽屜，拿出綠色和向日葵色的緞帶，靈巧的為吉吉綁上領結，為娜娜綁了蝴蝶結。

「啊喲。」

琪琪看著吉吉，然後小聲的問：「娜娜也要和我們一起去嗎？」

「當然喵。」吉吉說。

「原來是這樣，會有點重耶……算了，忍耐一下吧……」

琪琪說完，把頭湊到吉吉旁邊說：「不過，拜託你不要再把貓語和魔女貓語混在一起了。」

「沒關係，我很快就只說貓語了。」

吉吉也小聲的回答。幸好，牠現在說的是魔女貓語。

終於到了時裝秀那一天。

沙耶奧先生說要進行準備工作，昨天就出發了。

琪琪用彩虹色的布把裝了禮服的大箱子包了起來，緊緊的綁在掃帚柄上，前面還掛了一盞小燈。吉吉和娜娜已經準備妥當，打扮得漂漂亮亮。琪琪用力吸了一口氣，穿上斗篷，然後仰望天空。天邊飄了幾朵雲，天氣還不錯，老天爺似乎聽到了沙耶奧先生的祈禱。

「我看看，我看看。」

索娜太太牽著奧雷的手衝了進來，興奮的叫道。喜歡打扮的諾諾也跟了進來。

「哇，好厲害，太驚訝了。」

索娜太太往後退了一步，瞪大眼睛看著琪琪。

「好美，好美，我可以摸摸看嗎？」

諾諾輕輕伸出手。

「會發出沙啦沙啦的聲音，還會一閃一閃發亮耶！」

「我們出發吧？」

琪琪對吉吉和娜娜說，正準備出門。

「咦？吉吉，這隻小貓是你朋友嗎？」

索娜太太發現吉吉身邊的娜娜問道。

「喵！」

吉吉發出短促的叫聲。

「你們要一起去嗎？」諾諾問。

「對啊，因為是吉吉的朋友啊，吉吉，對吧？」

琪琪調侃的笑了起來。

「是喔，真好，我也是吉吉的朋友，我也要去，我也要去。」

諾諾雙腳跺地，緊抓著琪琪的裙子搖來搖去。

「好，下次吧，我們搭特別的車子去。」

琪琪對諾諾眨了眨眼睛。

來到門外，琪琪確認行李綁

好後，騎上掃帚。吉吉和娜娜迫不及待的跳到琪琪身後，掃帚「呼——」的一下飛到空中。裝了禮服的箱子晃了起來，離開了地面。風一吹，琪琪的斗篷飄了起來。

「哇，好漂亮。亮閃閃的，眼睛都花了。」索娜太太抬頭說道。

「是嗎？看起來好像一隻大蝙蝠。」諾諾撇著嘴說道。

琪琪在克里克城的上空飛了一陣子。

琪琪盡可能飛得低低的，希望城裡的人都看得到這件漂亮的斗篷。斗篷發出沙啦啦、沙啦啦的聲音，她配合聲音節奏把身體搖來搖去，發現聲音變成沙啦唧、沙啦唧的輕快節奏。黑色的布經過時，路上的行人驚訝的紛紛抱著頭蹲了下來，也有人茫然的站在原地，抬頭張望著。

「那是什麼？」有人叫了起來。

「我是琪琪——」琪琪大叫著回答。

「好華麗。」

「要舉行慶典嗎？」

「我是去送貨啦。」

琪琪揮了揮手，行人的目光都集中在她身上。

要撒下心動的種子。

琪琪心情愉快的飛向高空。

太陽漸漸向西邊沉落，琪琪告別了從雲端灑下的刺眼陽光，朝著北方加快速度。

琪琪打算在太陽沉落在克里克灣的盡頭時，降落在維瓦市戶外音樂廳。那個時刻，天空就會呈現出曾經令小沙耶奧想哭的藍黑交界的神奇色彩。琪琪一邊飛，一邊注意太陽的動靜、天空顏色的變化，以及到維瓦市的距離。

遠處出現了燈光，四周已經暗了下來，只有天空中還殘留著亮光。維瓦市的上空一片晴朗，琪琪驚覺吉吉很安靜，回頭看了牠一眼，發現吉吉和娜娜並肩坐在掃帚尾上，用緊張的眼神注視著琪琪。

對了，今天還有一個特別的客人。

琪琪拍了拍手說：「兩位，準備降落囉！」

「喵嗚。」

牠們異口同聲的回答道。

琪琪加快速度，繼續往高空飛去。她打算盡可能從高空像流星一樣一口氣降落，沒想到，掃帚卻朝相反的方向一個勁的往下掉。琪琪拚命把掃帚柄往上拉，掃帚柄卻像反抗似的往下衝。

「怎麼了？」

琪琪拍打著掃帚柄，但掃帚還是不聽話。琪琪著急了，用力把掃帚柄往上拉。她滿頭大汗，飄動的斗篷角黏在她的臉上。

琪琪把臉靠近掃帚說：「拜託往上飛，求求你，現在只能靠你了。」

或許是這句話奏了效，掃帚柄突然朝向上方，然後，拚命的向上、向上加快速度飛去。

「對，對，太好了。」

戶外音樂廳就在市中心的公園內。

「我會關掉燈，當妳看到圓形的黑色廣場時，就到音樂廳了。」沙耶奧先生說。

但是，琪琪卻找不到，她張大眼睛尋找著。

「是不是在那裡？」

吉吉不知道什麼時候爬上了琪琪的肩膀。

「什麼？那裡嗎？」

那裡根本不像廣場，只有盤子那麼大。

「因為我們在很高的地方啊。」

我要降落在那裡……我並沒有要掃帚飛到這麼高啊。

琪琪又拍打著掃帚柄，她的心跳開始加速。

「拜託你了，最後就看你的了。」

琪琪再度對掃帚說完後，打開了掛在掃帚柄上的燈。同時，下面的盤子也亮起了一盞紅色小燈。那是沙耶奧先生發出的暗號。

呼——

琪琪用力深呼吸，努力使心情平靜下來，但全身還是十分緊張。

「要盡可能降落得充滿神祕感喔。」

沙耶奧先生臨行前特別叮嚀道。

充滿神祕感。好難的要求。

「拜託你了。」

琪琪又輕輕拍了拍掃帚柄。

琪琪加快速度，瞬間衝了下去。過了一會兒，又突然改變角度，斜斜的往下滑。

她聽到身後接連傳來兩個「喵啊——」的聲音，兩隻貓似乎都倒吸了一口氣。風呼呼的鑽過斗篷，頓時發出閃閃光芒，好像撒落了很多銀粉。琪琪時左時右，好像閃電般在空中穿梭。下方的紅色燈光轉動著，正在向她打暗號。琪琪掃帚柄上的燈也開始晃動，原本張成漂亮角度的斗篷也跟著扭來扭去。

「不要學那盞燈啦，要像馬戲團的空中鞦韆，大力的劃過，再優雅的降落，拜託你，要降落得很氣派。」

琪琪摸著掃帚柄說道，但掃帚仍然不停的打轉。

「不行啦，要乖乖聽我的話。」

這時，傳來吉吉的聲音。

「琪琪，不是掃帚在飛，是妳在飛呀。」

「但是，」琪琪頂著吹進嘴裡的風，大聲說：「就很奇怪啊。」

她說話的時候，掃帚仍然不停的打轉，好像樂在其中。斗篷則是不斷纏在琪琪身上，結果，把琪琪、吉吉和娜娜，還有掃帚一塊包了起來，彷彿成了一把大掃帚。

「啊、啊、啊。」

琪琪大聲叫了起來。沙耶奧先生聽到這個聲音，以為是在打暗號，頓時把燈打開，開始放音樂。琪琪朝著那個方向墜落下去。這時，琪琪看到不計其數的觀眾。根本不只克里克城的三倍……騙人！比克里克城戶外音樂廳的十倍更大，更大！

沙耶奧先生站在下方伸出手，琪琪墜落在他的身旁，在地上打了幾個滾，才終於停下來。琪琪趕緊把繞在脖子上的斗篷繩子打開，像菜蟲一樣慢慢爬了起來。

「喵嗚，喵嗚。」

斗篷裡傳來痛苦的聲音，琪琪慌忙拿起斗篷角用力一拉。舞臺上還沒有亮起燈光，斗篷張開的同時，發出閃閃光芒。兩隻貓同時衝了出來，跳上琪琪的肩膀。

臺下響起如雷的掌聲，也有人「嗶——嗶——嗶」的吹著口哨。

「琪琪，要向大家鞠躬啦。」

吉吉在琪琪的耳邊大叫。琪琪垂頭喪氣的鞠了一躬。

「我失敗了，我失敗了。」

這句話貫穿了琪琪的全身。

沙耶奧先生走了過來，打開禮服箱。剛才被蓋子封住的禮服閃耀了起來，沙耶奧先生抱著這些禮服，跑向舞臺的後方，接著，身穿禮服的模特兒好像變魔術般紛紛登場。

一件件夕陽色的禮服在舞排上排開。從明亮的色系開

始漸淡，從夕陽沉落後淡淡的天空色漸漸變成富有光澤的深藍色。天空中第一顆升起的星星在禮服胸前閃閃發亮。夜色中的大海黑漆漆的，令人感到害怕，那些禮服就像撒滿寶石的星空。欣賞著這些時裝的觀眾，頭上也是一片相同的星空。終於，當所有的燈光都熄滅時，穿著月色禮服的模特兒拉著手，從舞臺的角落走了出來。淡淡的燈光從腳下亮起，形成了一輪圓月，彷彿從天空降落在舞臺上，映照出仍然垂頭喪氣站在舞臺正中央的琪琪。

音樂不知道什麼時候停了下來。

會場內鴉雀無聲。

宛如黃昏和夜晚之間的神祕時光。

不一會兒，再度響起如雷的掌聲。琪琪驚訝的抬起頭，抱著吉吉和娜娜，深深鞠了一躬，逃也似的衝向後臺，只留下掃帚孤伶伶的留在舞臺中央。觀眾的掌聲持續響起。

「這已經不是單純的時裝秀了。」

「原來，世界上真的有可以讓人穿上美麗時光的禮服。」

「還有、還有，魔女身上那件裙子的黑色，真的是很深奧的顏色。」

「明明是黑色，卻好像隱藏著很多東西。」

「可能是很古老、很古老的顏色……」

「從前、從前，有這樣的顏色。」

觀眾席上響起這樣的交談聲。

「琪琪，掃帚，掃帚。」吉吉大叫。

「如果妳忘記，我們就回不了家了。」

琪琪停了下來，轉身走回舞臺，拿起掃帚。

「哇，魔女小——姐，飛吧，再飛一次，飛吧，飛吧。」

觀眾們在鼓掌的同時大聲叫了起來。

琪琪聽到掌聲嚇了一跳，突然騎上掃帚，飛了起來，吉吉和娜娜趕緊抓住掃帚尾巴。琪琪很想趕快躲到沒有人的地方，她飛向高空，飛向只有群星閃爍的漆黑天空。

第二天，琪琪打電話給沙耶奧先生。

「我知道道歉也無法挽救了，沒想到竟然用那種方式降落，也無法向觀眾展示斗篷……」

「沒這回事，很成功啊。而且，妳的魔女裙大受好評，大家以為也是我的作品，我聽了雖然有點失望，不過，正因為有妳的裙子，才讓其他禮服看起來更

漂亮。我奶奶之前對身在和魔女共同生活的城市感到自豪，我現在終於體會到了。雖然肉眼無法看到，但的確有某些東西，因為魔女的存在而讓人想要一探究竟，看來，我也搬到克里克城好了，我也想分享魔法。」

沙耶奧先生呵呵的笑著，又「啊」的輕聲叫了起來。

「對了，我還沒有給妳酬勞。對不起，滿腦子只想著自己的事，真是太丟臉了。」

「你不用在意，因為，我搞砸了。」

「咦？妳怎麼像妳媽媽，變成退退派了？」

「啊喲，」琪琪笑了起來，「那我可能會要一份大大的酬勞喔。」

「當然沒問題。是什麼？」

「我婚禮時穿的禮服。」

「什麼？妳已經決定要結婚了嗎？新郎是誰？是誰？」

「呵呵呵，」琪琪笑著說：「那就改天再聯絡囉。」

隨即掛上了電話。

幾天後，蜻蜓在學校的研究室內讀著琪琪寄來的信，喃喃自語著。

眼前的飼育箱內有兩隻蚱蜢。

「沙耶奧先生，沙耶奧先生……她雖然不是刻意說的……但是，那裡看來很熱鬧嘛。」

蜻蜓把蚱蜢從箱子裡拿了出來。被握住後腿的蚱蜢，併攏前腿，拚命鞠著躬。看到蚱蜢的動作，蜻蜓又嘀咕說：「也許這種懇求的態度也很重要。」

8 魔法的歇腳樹

沙耶奧先生回維瓦市後，吉吉仍然每天都去夕陽館找娜娜。而且，每次都神不知鬼不覺的溜走。

「我要開除牠魔女貓的資格。」

琪琪感到很不滿，她無法原諒吉吉背著她偷偷摸摸。而且，吉吉說話愈來愈奇怪。在別人耳中，聽起來就是普通的貓叫，但琪琪就是可以聽懂牠的話。這種溝通可以說是魔女和魔女貓之間的魔法。

然而，最近吉吉說話時，已經有一半不是魔女貓語了，其中夾雜了許多貓語。比

方說……

像是牠在說「喵嗚喵，索娜太太喵，喵嗚，店喵」時，其實牠要說的是：「索娜太太的店裡很忙，妳不去幫忙嗎？」由於和吉吉相處多年，琪琪仍然可以勉強聽懂吉吉的話，但總覺得吉吉的心有一半已經飛走了，琪琪為此感到格外寂寞。

「琪琪，雖然最近常聽妳說，妳聽不太懂吉吉的話，但我覺得和以前差不多啊。」索娜太太說。

「牠說的話和以前不一樣了，夾雜了很多普通的貓語，我也只能聽懂一半而已。」

琪琪經常獨自出去送貨。

並不是只有吉吉說話奇怪而已，維瓦市的時裝秀後，琪琪的掃帚也變得很奇怪。飛起來慢吞吞的，也無法飛到高空，只能飛在比房子屋頂稍微高一點的地方，所以，飛行的時候，必須避開克里克城的鐘樓、高樹以及在郊外興建的大型建築物。就像吉吉的魔女貓語那樣，雖然並不是完全無法派上用場，但很花時間。

「如果不能在關鍵時刻發揮力量，我根本無法安心的騎。」

因為和掃帚相處多年，琪琪覺得掃帚應該了解自己的心情，所以，面對這種情況，琪琪忍不住心浮氣躁。

「琪琪，是不是因為妳體重增加的關係？」吉吉壞心眼的問。

克里克城的人都說：「可以近距離看到琪琪真好。」但琪琪愈來愈不安，很擔心以後會愈飛愈低。

她寫信給蜻蜓，接到這樣的回信：

也許和季節有關吧，因為氣壓和浮力有密切的關係，我來幫妳蒐集相關資料。魔法需要資料，聽起來好像很奇怪吧。妳不妨暫時採用我們之前設計的氣球散步方法作為應急措施，借用一下氣球的浮力。下次我回去，再為妳想更好的方法。總之，妳不用擔心。

琪琪的心情稍微放鬆了，但覺得又不是馬戲團表演，十九歲的魔女飛行的時候綁上一大堆氣球，實在太丟臉了。飛行的事也許和蜻蜓擅長的科學有關係，但吉吉呢？

這很明顯是戀愛問題，琪琪無法輕鬆的對吉吉說一聲「恭喜」。總之，這件事令琪琪感到心煩。

琪琪寫信給可琪莉夫人。

媽媽，好奇怪。我的世界好像有點生病了。我沒有和吉吉吵架，但我們之間的語言變得一團糟，有時候甚至聽不懂對方在說什麼。我覺得這應該不是魔法的變化，而是吉吉交了女朋友的關係。吉吉好像根本忘記我了，我心裡好難過。過分的是，吉吉竟然還若無其事的說，牠想學成年貓說話，沒想到牠竟然這麼不把我放在眼裡……

不過，掃帚的問題更加嚴重，這可能和我的心情有關。掃帚現在飛不高了，即使我拚命把掃帚柄往上拉也沒用。只能像小嬰兒爬行一樣在低空慢慢的飛。好丟臉，這到底是怎麼回事？媽媽，妳以前也遇過這種事嗎？

以前，可琪莉夫人經常擦拭掃帚。

「這樣撫摸掃帚，就會深刻體會到，雖然掃帚無法自己飛，但世界上所有的東西，都是在人們的期待下誕生的，無論鍋子、茶壺都一樣。魔女也和魔女的魔法一樣，是在人們的期待下誕生的。」

每次聽到可琪莉夫人這麼說，琪琪就覺得「又來了，又來了……為什麼媽媽除了說教以外，就不會說點其他的呢？」然而，現在回想起可琪莉夫人的話，覺得掃帚的力量減少了一半，自己的力量可能也會減半。於是，內心就更加感到不安。

一年前，可琪莉夫人罹患重病昏迷時，琪琪曾經看到可琪莉夫人的掃帚化為白色的影子，飛向藍天。當時，琪琪就覺得有什麼東西離可琪莉夫人而去了。

之後，可琪莉夫人借助藥草的力量清醒過來。即使病好了，可琪莉夫人的雙腿仍然很無力。騎掃帚在空中飛需要很大的力氣，起飛的時候，需要用力蹬地面，落地的時候也會對雙

腿造成負擔。現在可琪莉夫人已經不再飛了，她不僅不再用掃帚，有時候甚至需要用拐杖走路。如今，掃帚掛在可琪莉夫人家裡客廳的柱子上，並沒有飛走。之前那個白色影子到底是什麼？魔法並不是在掃帚身上，而是在魔女身上……琪琪覺得似乎不只這樣。

「媽媽，不飛會不會感到寂寞？」琪琪曾經問過。

「對，有一點。也許掃帚為了救我一命也累壞了，它應該在休息吧。我想，掃帚不至於從此離開我……我在想，問題可能出在我身上。因為我已經飛得夠多了，即使無法做某件事，也可能因此擁有其他能力。以後，或許會出現更適合媽媽年紀的新魔法，所以，我會靜靜等待。」可琪莉夫人回答。

「媽媽，妳覺得可能是什麼新魔法？」

「我也不知道，不過，不是很值得期待嗎？別看媽媽這樣，我可是資深魔女，到時候一定會『嗶』的知道那就是新魔法。外婆經常說，年紀大了以後，就會期待有新發現。」

「那我也要充滿期待的等待，媽媽，當妳感到『嗶』的時候，要馬上告訴我。」

在一旁聽她們母女聊天的歐其諾先生說：「才不是『嗶』這麼輕巧的事，不能小看魔法，魔法應該更強大。」

可琪莉夫人收到琪琪的信後，由歐其諾先生寫了回信。

琪琪，今天爸爸去圖書館借書時，一直想著妳寄給媽媽的那封信，結果，看到一本名叫《魔法戰鬥》的書。那本書很舊，原著是在三百年前寫的。從那個時候開始，魔法就有很多問題。那本書上有以下這些標題。

「魔法的逃亡」、「魔法的隱形衣」、「魔法的生理時鐘」……

還有一個名叫「魔法的歇腳樹」的標題，其中的內容如下：

「魔法的歇腳樹」和「魔法的逃亡」不同。「魔法的逃亡」是魔法無法承受外界加諸巨大力量逃走的情況。比方說，命令魔法去傷害人類或自然界許多東西的力量時，如果手法過度暴力，魔法就會逃走。魔法一旦逃走，就再也不會回來了。

相較之下，「魔法的歇腳樹」並不是因為外在的力量，而是魔法自己發生的。如果小看魔法的力量，或是把魔法當成自己的附屬品，向人炫耀，或是魔法本身感到疲累，就會發生俗稱的「厭煩」狀態，於是，魔法就會擅自休息。在天空和地面的交界處，有一棵「魔法的歇腳樹」。許多魔法會聚在那棵樹上，和其他同伴一起發發牢騷，時醒時睡，昏昏沉沉的過日子。因為如果魔法熟睡了，魔法的主人就會以為失去魔法而感到驚惶失措。所以，魔法還會殘留一點力量在主人身邊。據說當魔法不再感到厭煩時，一切就會恢復正常。琪琪，妳的魔法是不是也處於有點「厭煩」的狀態？妳現在還能夠在低空飛行，魔法應該沒有「逃亡」，而只是在休息。琪琪，妳不妨認為低飛也很有趣，不妨覺得擁有了一種新魔法。在生活中，努力維持穩重、溫和的心情。魔法會回來的。這是維持了三百年的傳統，不用擔心啦。

至於吉吉，牠只是被戀愛沖昏了頭，沒事的。

歐其諾

琪琪回想起「夕陽館」的老奶奶說過的話，想要讓人「驚訝」是一件「很沒品的事」。琪琪覺得，也許自己內心鎖住「魔女的品」的螺絲有點鬆了。

琪琪想像著自己的魔法在遙遠天際的歐腳樹上昏昏沉沉、搖來搖去的樣子。

我做了什麼過分的事，讓魔法感到厭煩嗎？魔法真會使性子。

琪琪很想數落幾句。

蜻蜓的心意應該也停在某一棵歐腳樹上昏昏沉沉。果真如此的話，就要寄一個鬧鐘給他。

無論任何事，琪琪都會想到蜻蜓。

蜻蜓寄來了明信片。一看到明信片，琪琪就瞪大了雙眼。因為，明信片不是寄給琪琪的，而是「吉吉收」。

「吉吉，有你的明信片，蜻蜓寄給你的。」

琪琪冷冷的放在吉吉面前。

「寄給我的？」吉吉驚訝的探頭張望後說：「我看不懂喵。蜻蜓明明知道我不

識字。」

「是嗎？你以前不是有時候看得懂嗎？」

「琪琪，妳最近說話真壞心眼……妳明明就知道，之前每次都是妳讀出來……我才能聽懂啊，妳根本顛倒順序。」

「但這是寫給你的，我怎麼可以先看呢？」

琪琪毫不客氣的把臉轉到一旁。

「妳別這麼說嘛。這一陣子，我們的溝通原本就有點問題了。」

「問題不知道出在誰身上。算了……我讀給你聽，這是特別服務喔。」

琪琪故意吊吉吉的胃口，慢條斯理的點點頭後，才開始讀了起來：

吉吉，不可以咬指甲。

蜻蜓的明信片一開頭就是這句話。

琪琪露出「嗯？」的表情。吉吉慌忙彎起前腳，把指甲藏了起來。

「蜻蜓的眼鏡可以看得這麼遠嗎？」

「吉吉，這麼說，你真的咬指甲了嗎？」

吉吉不發一語的低下頭。

蜻蜓的信繼續寫道：

貓爪都是尖尖的，如果變圓了，就不算是貓了。不能因為想要變成溫柔的貓，就故意把指甲咬掉。因為，貓可以把尖尖的爪子藏起來。聽說，最近你和琪琪的溝通出了問題，該不會是吉吉說話變成了貓叫吧？順其自然就好，活出真正的自己最理想。不要退縮，我們一起加油囉。就這樣子，掰掰。

「他說『我們一起加油』……這是什麼意思啊……」

琪琪不高興的皺著眉頭。

「我應該懂了。」

吉吉打量著自己的指甲，輕聲的說道。

住在森林裡的茉莉也寄信給琪琪。茉莉在離克里克城很遠的森林中開了一家店，雖然住得很遠，卻是琪琪的好朋友。琪琪急忙拆開信封。

琪琪，好久不見。差不多有一年沒見面了吧？聽說妳的掃帚最近不太聽話？別驚訝，不好意思，關於妳的事，我統統都知道。因為，我家小亞和麵包店的諾諾感情還是很好。諾諾每隔十天就會寫信給小亞，小亞還是那麼懶散，很少回信，所以，諾諾有時候會打電話罵他。不過，我至今仍然搞不懂他們。

琪琪，至少妳的掃帚現在還能飛吧？反正掃帚又不是跑掉了，別在意，別在意，這種情況應該屬於正常範圍吧。

我也一樣，如果什麼事都在意，恐怕會沒完沒了。因為，我都要看太陽的心情過日子。今年的玉米收成很差，大部分都餵了蟲子。不過，這不是玉米的錯，偶爾也要讓蟲子快樂一下。所以，今年無法做本店受歡迎的玉米仙貝，收入大減。

諾拉奧先生，就是那個諾拉奧先生。現在仍然在種高麗菜。他有時候會從森林裡突然冒出來，然後，在我家的小農田上種一些東西。不過，他每次都來去一陣風，都是由我負責照顧。其中，有一種沒有名字的無名菜長得很大，我用這種菜的紅色根部做成果醬，沒想到一舉成功。做出來的紅色果醬好漂亮，淡淡的紅色好像羞紅的臉，很受顧客歡迎，銷路很好。所以，做力所能及的事，或許就會有意外驚喜。我覺得，這就是本店不可思議的地方。

諾拉奧先生像候鳥一樣，不過，他經常回來，而且每次都會帶一些讓人意想不到的禮物。雖然無法指望諾拉奧先生，但他真的幫了我不少忙，所以，我在森林裡的小店就這樣邁入了第二個年頭。

蜻蜓還是老樣子嗎？老樣子最好了。真希望我們可以偶爾見個面。

那就多保重囉，不必擔心啦。

茉莉

琪琪摺好信，輕輕笑了笑，抬眼看著遠方。很多事在琪琪的內心盤旋著。

茉莉和大家都是老樣子，老樣子實在太棒了。茉莉真是可靠的好朋友。

成群的紅色蜻蜓從山上飛了下來，在克里克城飛來飛去，長得很像琪琪在兩年前，曾經和蜻蜓一起在雨傘山看到的紅蜻蜓紅美。牠們的紅色眼睛在陽光的照射下發亮，靈活的在樹林的樹枝之間閃避飛行。

好厲害！

琪琪深有感慨。琪琪無法像牠們那麼靈活的飛行，由於掃帚飛不高，遇到工廠的煙囪、鐘樓和大樹時，都必須及時閃避。明顯的高大目標當然沒問題，但去陌生的地方時，如果突然遇到大樹，腳就會不小心勾到。琪琪想起小時候練習飛行時，經常不小心擦傷的那段日子。

十五日夜晚，在月光下收割完留在田裡作為種子的藥草回到家時，琪琪因為來不及閃避，不小心撞到了一棵大樹。吉吉在撞到樹的前一刻跳了下來，嚇得腿都軟了，坐在路旁發出「喵嗚嗚，喵嗚嗚」這種莫名其妙的聲音。這一陣子，牠好不容易懂得在不同的場合，區分使用兩種貓語，沒想到又搞亂了。琪琪的左肩狠狠的撞到樹上受傷了。而且，不小心跌在地上時，擦到了鼻子，膝蓋也撞傷了，至今仍然無法用力夾住掃帚柄。

「我看妳需要的不是掃帚，而是拐杖吧。雖然看不到未來的心情，但至少要看清楚眼前的路嘛。」

吉吉一臉擔心，卻還是忍不住挖苦琪琪。令人生氣的是，這種時候，牠竟然說的是字正腔圓的魔女貓話。

過了一陣子，琪琪的鼻尖上出現了一個紅色結痂。

得很好笑。

「好像長了一顆青春痘。」

索娜太太家的奧雷誇張的用手掩住嘴巴，拚命忍著笑。索娜太太、諾諾似乎也覺

看到琪琪失敗連連，克里克城的人在深表同情之外，也似乎覺得很有趣。

「琪琪可能分心了吧。」

「偶爾難免會出錯，不用悲觀啦。」

「聽說琪琪已經有男朋友了。」

「對，我也聽說了。」

「不過，最近都沒看到她男朋友。」

由於飛得很低，琪琪也可以聽到路人的這些閒聊。

這樣不行，一定要想想辦法。應該要多練習，為了迎接隨時可能會從歐腳樹上回來的魔法做好準備。現在的狀況，和十二歲時剛成為魔女時差不多，太沒出息了。

想到紅蜻蜓，琪琪不禁受到了激勵。

琪琪把掃帚藏在身後走出家門，一到森林，立刻騎上掃帚，壓低身體，頭幾乎碰到掃帚柄後，雙腳用力蹬地。陽光灑進樹葉已經掉光的森林。琪琪開始緩緩飛行。她沒有雜念，雙眼緊盯著前方，時左時右，盡可能以緩和的曲線，避開樹枝飛行。她時而從樹枝下方鑽過，時而從樹枝上方飛過，小心翼翼的避開不斷出現的障礙物飛速前進，只是仍然會不小心碰到樹枝，不時刮到臉上。雖然到處都隱隱作痛，但琪琪忍著疼痛繼續飛行。

漸漸的，她掌握了閃避飛行的訣竅，但掃帚柄仍然無法抬起來。森林很大。不知道過了多久，琪琪「啊」的抬起頭，慌忙下了掃帚，環顧四周。這裡到底是哪裡？剛才只顧著練習飛行，竟然不小心迷路了。以前只要飛到高處，就可以找到方向。只要看到克里克城的鐘樓，就可以找到回家的路。

怎麼辦……

琪琪轉了一圈。準備迎接冬天的森林充滿暖洋洋的空氣，腳下積著厚厚的落葉，好像用粗毛線編織的地毯。琪琪忍不住坐了下來，盡可能把手伸到遠處，把落葉撥了過來，放在伸直的腳上，然後躺了下來，將落葉放在身上，整個人都埋進了落葉中，只剩下臉而已。她聽到落葉在她耳邊輕聲細語。

窸窸　窣窣　窸窸　窣窣

「落葉在說話。」琪琪小聲的說道。

樹葉在春天發芽，夏天競相茂密生長。一到秋天，就開始乾枯變色，離開樹枝，為一年的生命畫上句點。但聽到這些「窸窸、窣窣」的聲音，覺得好像樹葉在結束漫長的工作後，聚在一起聊一些愉快的悄悄話。

琪琪想起小時候躲在後山草叢玩的情景。當時，她似乎聽到泥土中傳來地鼠打噴嚏的「啊啾」聲，趕緊把可琪莉夫人的噴嚏藥送了過去。那時候也覺得地鼠好像在對她說話。

落葉繼續發出聲音。

琪琪配合聲音輕輕動著嘴巴。

窸窸　窣窣　窸窸　窣窣
你的祕密　窸窸　窣窣
大家都有，一個祕密
就像果實中間的種子
窸窸　窣窣　窸窸　窣窣

她不假思索的說出了這些話。祕密、祕密到底是什麼?魔女琪琪也有祕密嗎……就像種子一樣的祕密?琪琪仰望天空，發現光禿禿的樹枝後方是一片蔚藍的天空。

以前都能自由自在的飛到那麼高的地方……琪琪不禁想道。

「琪琪就像是克里克城天空的別針。」

她回想起曾經有人對她說過這句話。

大陽漸漸下山了。

琪琪慢慢從熱呼呼的落葉中站了起來。

「對了，只要往南飛。一直往南飛，就可以到大海。」

十三歲踏上旅程時，琪琪就是抱著這種想法，飛到了克里克城。

琪琪騎上掃帚，臉對著夕陽，舉起左手。然後，身體轉向手的方向，穿越樹枝飛了起來。

一年將近尾聲的某天傍晚，一男一女兩個人在克里克車站下了車。男人的黑色大衣內隱約可以看到一件綠色的背心，手上拎著一個大旅行袋。女人大衣胸前的貝殼別針閃閃發亮，手上拿著一小束花。

「咦?市長先生，您去旅行了嗎?」站長在剪票口問道。

「呃!」

那個被稱為市長的男人發出好像被人踩到腳的聲音，身體向後一仰。身旁的女人嫣然一笑，回答說：「對啊。」然後，輕輕點頭補充說：「是蜜月旅行。」

站長好像一根木棒似的在原地立正，張口結舌，說不出話。好不容易才慌忙把手舉到帽子旁，終於擠出一句：「是呀，是呀。」

車站內人來人往，沒人注意到他們。

三十分鐘後，琪琪正在麵包店幫忙，站長衝了進來。

「琪琪，琪琪，拜託妳一件事。妳把這個掛在掃帚上，明天早上在克里克城的上空飛來飛去。」

站長攤開手上的旗幟。

上面寫著這樣的字：「新婚誌喜，市長先生，維小姐，祝你們白頭偕老。」

後頭還有兩個心形的圖案。

「什麼！」

索娜太太大聲叫了起來。琪琪忍不住握起雙手，內心激動萬分。

「他們蜜月旅行回來，剛好被我撞見。」站長得意的說道。

麵包店裡頓時熱鬧起來。

「真是可喜可賀。」有人說道。

「太令人高興了。」

「那個有時還很孩子氣的市長竟然也長大成人了。」

一位拿著麵包的老婆婆熱淚盈眶的說道。

索娜太太在琪琪的耳邊說：「琪琪，太好了，成功了。」

「但他們不需要躲躲藏藏的嘛……」

琪琪有點不滿。

「害羞的市長先生，遇到自己的事就嘴拙了，真是的。」

有人這麼說道，似乎也感到有點不滿。

「他找到一個有話直說的新娘子，這下就放心了。」

從麵包店開始騷動漸漸傳開，到了晚上，克里克城的廣播也用特別插播的方式報導了這則消息。

第二天清晨，琪琪把旗幟綁在掃帚柄上，帶著吉吉，在克里克城內飛來飛去，卻仍然飛不高。不過，她的目的是要通知大家這個好消息，低空飛行更能夠讓大家看清旗幟上的字。琪琪在城裡繞了一圈後，買了一束花，前往市長先生的家。

「啊喲，琪琪，給妳添了不少麻煩。」

市長先生有點不好意思，卻緊緊摟著維小姐的肩膀。維小姐向琪琪擠著眼睛說：「克里克城的魔女小姐，今後還請多關照克里克城的市長先生喔。」

收到小蕾寄來的信了。

琪琪姊姊，我來向妳報告，我找到屬於自己的城市了。第一眼看到的時候，就知道我屬於這裡。這裡是名叫奧里里的小城，但是很熱鬧，有很多人會經過這裡去附近的溫泉。我打算在這裡賣『小蕾的圓點湯』，熱湯和溫泉是不是感覺很搭呢？下次希望妳有時間來玩。

「她叫我姊姊耶……」

琪琪有點不好意思的聳了聳肩。

「問題是……不知道湯的味道怎麼樣。」吉吉嘀咕說。

9 圓滿的心情

琪琪悄悄下了床，站在地上。腳底冷得發凍，窗外仍然一片漆黑。琪琪走起路來躡手躡腳，以免驚動了吉吉。她迅速的洗臉後，像平時一樣用緞帶綁好頭髮。拿出高嘉美．卡拉小姐的音樂會後一直沒用過的口紅，淡淡的擦在嘴唇上。再照著鏡子，用食指輕輕摸著塗紅的嘴唇。她目不轉睛的看著自己的臉龐，用力抿著嘴，又輕輕的張開，側過臉，做出最棒的表情。

很好。

琪琪用力點頭，穿上衣服，拿起掛在柱子上的掃帚。她用力握著掃帚柄，深呼吸後，閉上眼睛。

拜託，這是我很久之前就決定的事，請幫我實現這個心願。只要今天一天就好，請暫時離開歐腳樹，讓我高高的飛起來。拜託，今天請你收起「厭煩」，只要今天就好。

琪琪喃喃的說道。走到門外，冰冷的空氣頓時包圍。她忍不住縮起脖子，但同時騎上掃帚，兩腳用力蹬離地面。琪琪把掃帚柄指向在遠方閃爍的北極星。

「我二十歲了。」

琪琪自言自語道。今天，二月二日是琪琪的生日。

很久以前，琪琪就決定在二十歲生日的那一天，飛到高空，沒錯，琪

琪想飛到最高的地方，欣賞二十歲第一個早晨的開始。

今天是有三個二的大日子，二十歲要有一個幸福的開始。

琪琪生日的兩天後，就是立春。在曆法上，立春是春天開始的日子。琪琪剛好出生在冬末初春的交界處，可琪莉夫人覺得在這一天生下女兒是命運的安排，更感受到生命的喜悅。魔女是神奇的存在，與許多事物的交界有著密切的關係，據說魔女是在光明和黑暗、天和地、天和海之間這種肉眼可以看到的地方，和肉眼無法看到的地方的交界處誕生的，魔女的魔

法也是在同樣的地方誕生。

琪琪突然發現掃帚不斷飛向高空。飛啊飛，飛啊飛，飛得好高好高。星空就在眼前，星星好像在寒冷清澈的天空中撒下的冰塊，叮鈴鈴、叮鈴鈴的發著光芒。遠遠下方克里克城的燈光，宛如星空的倒影，前方是一望無際的深藍色大海。就在這時，東方盡頭的水平線亮了起來，宛如畫上一條白線，這是暗夜即將迎接黎明的一刻。琪琪抬起頭，對著天空中一顆又一顆的星星吹氣，彷彿在吹熄生日蛋糕上的蠟燭。

海上的白線漸漸照亮了四周，當白線慢慢變成橘色後，天空一下子變藍了。天空中的星星和克里克城的燈光都靜靜的消失，宛如琪琪的十九歲悄悄離去。

「我二十歲了。」

琪琪張大嘴巴，大聲呼喊著。

她獨自為自己慶祝，滿心歡喜，覺得身體好像可以無限伸展。

這時，下方傳來嘰啾嘰啾鳥叫的聲音，彷彿在回答琪琪。

琪琪瞇起眼睛看著朝陽，慢慢下降。

掃帚很聽話的飛了起來。難道它休息夠了，終於回到琪琪的身邊嗎？還是說，只是暫時回家，作為送琪琪的生日禮物？總之，掃帚今天的心情似乎很不錯。

琪琪在中途停了下來，時左時右的慢慢欣賞著腳下的克里克城。

之後，她張開雙手，深深的呼吸。

回到家時，琪琪收到蜻蜓寄來的信。

琪琪，生日快樂。

啊——可以在這天向妳道賀，真是太棒了。

我從一個星期前就開始不安，擔心這封信會不會太早寄到，又擔心會不會趕不及。我調查了郵局收發信的時間，希望這封信可以在二月二日當天寄到妳手上……要剛好這天寄到並不容易。我竟然開始自吹自擂了……

不過，不過，還是要向妳說聲生日快樂。

妳二十歲了。妳比我小一歲，我很想說，我比妳早一步來到這個世界，是為了等待著妳的出現……我想，我應該是在等妳。每當我這麼想的時候，就覺得很高興。

有一隻母貓在學校的倉庫角落生下五隻小貓。母貓是野貓，很疼愛牠的小貓。我們去看小貓時，牠就會很警戒，拚命大叫，擔心我們會搶走小貓。那些小貓真的很可愛，眼睛張得大大的。當小貓看著我的時候，會覺得世界上竟然有這麼可愛的東西。當我注視小貓的眼睛時，我發現和去年秋天，從一顆螳螂蛋裡孵出許多占領我房間的小螳螂眼睛出奇的相像。那是相信自己降臨世界的眼神，卻仍然帶有一絲不安……這是我的感覺。小貓的可愛真是無話可說，不過，不光是這樣而已，牠們已經知道，生命充滿喜悅，還隱藏著悲傷，但在悲傷中仍然可以找到快樂。二十年前，妳應該也曾經露出那樣的眼神，令人更加讚嘆的是，至今仍然保持著這份光芒。

比妳早一步來到這個世界的我，滿心歡喜的在妳生日的這一天，對妳說一聲「生日快樂」。如果我早十年出生，或許就無法遇到妳，只能說，這是我天大的幸運。

琪琪輕輕閉上眼睛。好感人的一封信。蜻蜓總是這樣，要藉由昆蟲或是動物，才會對琪琪說出溫柔的話，琪琪十分了解蜻蜓努力創造的這份心意。

蜻蜓在信中繼續寫道：

到了春天，我就要畢業找工作了。我有很多夢想，下次見面的時候告訴妳。我決定好回去的日子後，會立刻通知妳。我好興奮。再向妳說一聲「生日快樂」，二十歲的魔女小姐。

琪琪用力握著那封信，她似乎隱約看到了被吉吉搶先一步的「談論未來的地方」。

春分前的滿月之夜即將來臨，那是淨化藥草的日子。

「希望天氣可以放晴，希望可以照到圓滿的月亮。」

琪琪引頸期盼著那一天的到來，卻也很在意天氣的事。

「吉吉，你即使想要打扮，就算臉很癢，也千萬不能舔臉喔。聽說貓舔臉，天空就會下雨。所以，你一定要忍耐。這一次的淨化是紀念二十歲的特別任務。」

琪琪看到吉吉心神不寧的準備去找娜娜，便趕緊叮嚀牠。牠在出門前都會舔臉打扮一下。

「為什麼？」吉吉不悅的問。

「這是貓的自由。雲想出來，也是雲的自由，雨想要下，也是雨的自由，和我有什麼關係？」

「所以，我想拜託你，也是我的自由啊。」

琪琪不服輸的頂了回去。

「就是這麼回事，只要妳知道就好。不管是雲還是雨，還是我的打扮統統停止，只要圓圓的月亮出來就好，對不對？妳不是魔女嗎？就憑自己的力量去做呀，做不到的時候，學會放棄也很重要。」

吉吉好像精通世事的老頭貓一樣，用低沉的聲音

說道。

「不要！」

琪琪像吵鬧的孩子般回答。

「二十歲，二十歲又怎麼樣？時間不會停止，隨時都在走，滿月之夜的時候，妳已經不是剛好二十歲了。」

「你不要老是故意為難我，這次的淨化我絕對要做得特別完美，你幫我一下又不會怎麼樣，而且，我還有事要拜託你耶。」

「拜託我什麼事？」

「祕密。是不能說的祕密。」

在此之前的淨化之夜，曾經遇過沒有完全放晴的日子，也曾經因為等待月亮出現過了十二點，甚至曾經遇過只有朦朧月光的夜晚。但是，但是，這一次她希望用掃帚把天上的垃圾一掃而空，在圓圓的月光下淨化。

這天終於來了，沒想到中午過後，雲層的移動就不太正常，雲層大軍前仆後繼出現在天空中，好像故意作弄琪琪。天色暗下來後，開始滴答滴答的下起了雨，傾盆大

雨似乎要沖走一切。琪琪心灰意冷的一屁股坐了下來，吉吉或許是覺得她很可憐，始終陪在一旁寸步不離。也許一整天在意天氣的事實在太累了，琪琪開始昏昏睡去。吉吉也靜靜的發出均勻的呼吸聲，他們都在雨聲的陪伴下睡著了。

琪琪突然頭一沉，醒了過來。腳下的地板灑入了窗戶形狀的亮光，琪琪的體內有東西動了起來。她一看時鐘，竟然還有三分鐘就十二點了。

琪琪跳了起來，打開門。圓圓的月亮掛在天空中，大大的月亮看起來比平時大一倍。再加上雨後的空氣清澈無比，月亮展現出最美的一面。

琪琪抱著種子衝了出去，緊跟著她衝出來的吉吉仰望著天空，舔了舔臉。

春分那一天，琪琪順利的播下了這一年的藥草種子，接下來的十三天，她也按時澆水。

琪琪，我順利畢業了，雖然很想馬上回去，但沒想到把飼育工作交接給學弟很費時間。

我將在這個星期五回去。等我回家見過爸爸、媽媽後，我們四點左右在那個海邊見面，可以嗎？我可以見到妳嗎？

蜻蜓

琪琪看著信，眼珠子愈轉愈快，心跳也同時加速。看完之後，忍不住把信抱在胸前，還是像平時一樣輕輕嘟著嘴。

「吉吉，你倒是聽聽看，蜻蜓竟然問我『可以嗎？我可以見到妳嗎？』我覺得真是太見外了！」

「琪琪，妳還沒有適應蜻蜓的說話方式嗎？」

「吉吉，如果是你，你會怎麼說？」

「我？我應該不一樣嗎？不要和我比較。我會一直跑，一直跑，一、直、跑。」

吉吉笑著撇了撇嘴。

「哼。」

琪琪發出很輕的聲音。

「人類的男人總是喜歡裝模作樣。」

吉吉轉過頭輕聲嘀咕說。

「但是，沒關係，反正很快就到了。」

琪琪內心的不滿轉眼之間就消失了，她心情愉快的在房間裡走來走去。

「人類的女人真是頭腦簡單。」

吉吉仍然背對著琪琪，嘆著氣嘀咕道。

蜻蜓面對大海站著，衝到他腳下的海浪冒著泡，很快又遠離了。琪琪輕輕的降落在海灘的角落，在沙灘上跑向蜻蜓。

「你、回、來、了。」

琪琪大聲叫道。

蜻蜓立刻轉過頭，眼鏡後方的一雙眼睛羞澀的眨了好幾下。

「妳看起來很有精神。」

「對啊，那當然。」

琪琪站在他身旁，抬頭挺胸，用力點點頭，感覺有點像小孩子在撒嬌。

「我終於放心了。」蜻蜓說。

「怎麼了？」

琪琪凝視著蜻蜓的眼睛。

「見到妳，我鬆了一口氣。」

蜻蜓滿面笑容的看著琪琪。

他們不約而同的坐在沙灘上。

黃昏的光線格外柔和，春天的桃

色空氣籠罩著周圍的風景。

「我們再靠近一點。」

蜻蜓挪了挪身體，琪琪也挪了挪身體，然後，兩個人互看一眼，「呵呵呵」的笑了起來。

「妳都在做些什麼？很忙嗎？」

蜻蜓把手放在琪琪肩上問道。

「對，我在編織，把很多碎布拼起來。一針一線縫的時候，感覺好像在說話，剛好可以排解寂寞。」

「很寂寞嗎？」

「嗯，有時候。」

「妳之前不是去沙耶奧先生的時裝秀幫忙嗎？」

「對，但是我搞砸了，不過很好玩。」

蜻蜓瞥了琪琪一眼。

「我決定去學校當老師，在中學當生物助理老師。學校在克里克城隔壁的城市，我可以騎腳踏車。當兩年助理後，只要考試合格，就可以當老師了，妳覺得怎麼樣？」蜻蜓提高聲調問道。

「蜻蜓，我相信你一定可以成為很棒的老師。」

「妳這麼覺得嗎？真高興。我想了很多，也曾經試著在學校附近的中學為一年級的學生上過一次課，我覺得好興奮。以前，我一直和昆蟲、鳥這些東西打交道，但我發現人類更加有趣，也許是因為有共同語言的關係吧。尤其十三歲左右的孩子太可愛了，有一種和小小孩不同的趣味。他們對這個世界有點了解，卻又不太了解，這種似懂非懂的感覺好可愛。渾身充滿幹勁，卻又帶著不安，我覺得和我很像。琪琪，妳有在聽嗎？」

蜻蜓停頓了一下，還沒等琪琪回答，又繼續說道：「有一個小孩子問我：『甲蟲有沒有心情？』這個問題是不是很有趣？他不是問我有沒有心，而是有沒有心情，這才是有趣的地方。不過，這個問題很複雜，我不知道該怎麼回答，很想逃之夭夭。但我還是鼓起勇氣回答說：『我相信有。』因為我覺得即使無法證明也沒關係，憑自己的感覺回答就好。結果，他又緊追不捨的問了第二個問題，『幼蟲和成蟲的外形有這麼大的差別，心情不知道會不會改變？』又是一個困難的問題！我好不容易才這麼回答說：『不管覺得會改變，還是不會改變，都只是我們的想像。這是你和甲蟲之間的關係，只要你想要，就可以自由的和甲蟲聊天。』結果，大家就問我：『可以自由聊天？可以這樣嗎？』我回答說：『因為是肉眼看不到的，所以當然可以自由。』因為，我想不到其他答案。接著，大家就在課堂上討論起來，變成了一堂熱鬧的、或者說是混亂的課。還有學生說我是一個不負責任的老師，真是受不了。」

蜻蜓甩著手，獨自「呵呵呵」的笑了起來，然後又接著說：「還有一個孩子更好玩，他說昆蟲就像機器，昆蟲的翅膀和腳關節都很精密，他說，如果按照昆蟲的形狀設計出會走動的椅子或是車子，不知道會不會成功，還說或許可以設計出會垂直跳的車子。

「大家都有令人驚奇的想法，所以，我也想和這些孩子一起發現驚奇。如果每天過這樣的生活，不知道該有多棒。琪琪，是不是很有趣？」

蜻蜓轉頭看著琪琪。

「咦？琪琪，妳怎麼了？身體不舒服嗎？」

琪琪低著頭，一動也不動，一行眼淚順著她的臉頰滑了下來。

「琪琪，對不起，我是不是說錯了什麼？」

蜻蜓趕緊探頭看著她。

琪琪一言不發的搖搖頭，站了起來，用手擦乾眼淚，朝著後方跑走了。

「琪琪，琪琪，妳怎麼了？」

蜻蜓一片茫然的站在原地。琪琪頭也不回的跑走後，騎上掃帚飛走了。

「琪琪，琪琪。」

蜻蜓在身後呼喚著她，但他的聲音在琪琪的身後變得愈來愈輕。

「他滿腦子都是昆蟲！」

琪琪氣鼓鼓的說。我們好久沒見面了，以為蜻蜓一定會很溫柔……一定會因為我之前承受了那麼大的寂寞好好安慰我……琪琪甜蜜的想像了無數次。然而，蜻蜓卻還是老樣子。

當琪琪快到家時，已經開始後悔了。她為自己永遠都像一個長不大的小女生感到很沒出息。

是不是發生了什麼事……吉吉在一旁觀察著她，但琪琪甚至沒向吉吉打招呼，也沒吃晚飯，就上床睡覺了。

從窗簾縫隙看到的天色漸漸亮了，輾轉反側了一整晚的琪琪慢吞吞的坐了起來，拉開窗簾。

琪琪忍不住張大眼睛。

蜻蜓就站在馬路對面，就站在朝霧中。

琪琪來不及穿鞋子就衝了出去。聽到腳步聲，吉吉驚訝的抬起頭。蜻蜓牽起琪琪，默默的走著。

「我想和妳一起走走，所以在這裡等到天亮。」

他們一起走過夕陽路，走進已經開始冒出新芽的藥草田。他們坐在發出淡淡香味的藥草田旁的草地上。

「昨天真對不起，我只顧著聊自己的事。」

蜻蜓緊握著琪琪的手說道。

琪琪默默的搖搖頭，然後輕聲細語的說：「沒事了，我也很對不起。」

蜻蜓用手摟著琪琪的肩膀。

「不知道為什麼，我想把所有的事都告訴妳，所有的一切。結果，就一下子得意忘形了。對不起，琪琪，妳應該也有話要對我說吧？」

「對，有一點，但不是什麼重要的事。可能因為我沒有去學校，所以才會對你產生嫉妒吧。」

琪琪害羞的依偎著蜻蜓，把頭靠在蜻蜓的肩上。他們默不作聲的一起看著遠方。

終於，琪琪小聲的說：「你喜歡我嗎？」

「當然。」

「真的嗎？」
「真的啊。」
「你愛我嗎？」
「當然。」
蜻蜓摟著琪琪的手更加用力。
「有多愛？」
琪琪抬頭看著蜻蜓。蜻蜓愣了一下，凝視著琪琪。
「妳問我多少……我也……」
「拜託你說嘛。」
「有多少呢……」
蜻蜓傷腦筋的把目光從琪琪身上移開。
琪琪把自己的臉頰貼在蜻蜓身上，似乎在催促他：「說嘛。」

蜻蜓一動也不動的注視著遠方，然後，把琪琪的手掌翻了過來，慢慢的用食指畫了一個小小的圓。

「這麼多。」蜻蜓說。

琪琪「啊？」了一聲，看著自己的手掌心。她的手掌心還留下那個小圓的感觸。

「才這樣而已？」

「對，這麼多。」

蜻蜓笑了笑，又畫了一個小圓，然後，凝視著琪琪。琪琪露出困惑的眼神。

這麼小的圓，小小的圓……只有一個圓……

這時，琪琪張大嘴，深呼吸。她說不出話來，停頓了一下，才一口氣的說：

「啊，對了，我跟你說喲，沒錯，魔女要在滿月的夜晚踏上旅程。對，就是圓圓的……圓圓的滿月之夜，完全沒有缺損，圓圓滿滿的圓，亮閃閃的圓，永遠的圓……」

然後，琪琪無聲的張著嘴，整個臉都亮了起來。她的眼眶中噙著淚水，她張開雙手，用力抱著蜻蜓。

圓圓滿滿　圓圓滿滿　圓圓滿滿

踏上旅途那天圓圓的滿月、淨化藥草時圓圓的滿月……

接二連三的出現在琪琪的心中。

然而，琪琪覺得現在自己手心上的小月亮才是最大的月亮。

兩年後，琪琪和蜻蜓結了婚，

吉吉和娜娜也結婚了。

又過了十三年。

接下來的故事，要在兩年加十三年。

沒錯，就是十五年後開始。

故事館80

魔女宅急便5魔法的歇腳樹

魔女の宅急便5魔法のとまり木

作　　者　角野榮子
繪　　者　佐竹美保
譯　　者　王蘊潔
封面設計　莊謹銘
校　　對　呂佳真
編輯協力　沈如瑩
責任編輯　汪郁潔

國際版權　吳玲緯　楊靜
行　　銷　闕志勳　吳宇軒　余一霞
業　　務　李再星　李振東　陳美燕
總 編 輯　巫維珍
編輯總監　劉麗真
事業群總經理　謝至平
發 行 人　何飛鵬
出　　版　小麥田出版
115台北市南港區昆陽街16號4樓
電話：(02)2500-0888
傳真：(02)2500-1951
發　　行　英屬蓋曼群島商家庭傳媒股份有限公司
城邦分公司
115台北市南港區昆陽街16號8樓
網址：http://www.cite.com.tw
客服專線：(02)2500-7718｜2500-7719
24小時傳真專線：(02)2500-1990｜2500-1991
服務時間：週一至週五09:30-12:00｜13:30-17:00
劃撥帳號：19863813　戶名：書虫股份有限公司
讀者服務信箱：service@readingclub.com.tw
香港發行所　城邦（香港）出版集團有限公司
香港九龍土瓜灣土瓜灣道86號順聯工業大廈6樓A室
電話：852-2508 6231
傳真：852-2578 9337
馬新發行所　城邦（馬新）出版集團 Cite (M) Sdn Bhd.
41-3, Jalan Radin Anum,
Bandar Baru Sri Petaling,
57000 Kuala Lumpur, Malaysia.
電話：+6(03) 9056 3833
傳真：+6(03) 9057 6622
讀者服務信箱：services@cite.my
麥田部落格　http://ryefield.pixnet.net
印　　刷　漾格科技股份有限公司
初　　版　2020年7月
二版2刷　2024年6月
售　　價　270元

ISBN 978-957-8544-37-6

國家圖書館出版品預行編目資料

魔女宅急便. 5, 魔法的歇腳樹／角野榮子作；佐竹美保繪；王蘊潔譯. -- 初版. -- 臺北市：小麥田出版：家庭傳媒城邦分公司發行, 2020.07
面；　公分. --（故事館；80）
譯自：魔女の宅急便. 5, 魔法のとまり木
ISBN 978-957-8544-37-6（平裝）
861.596　　109007415

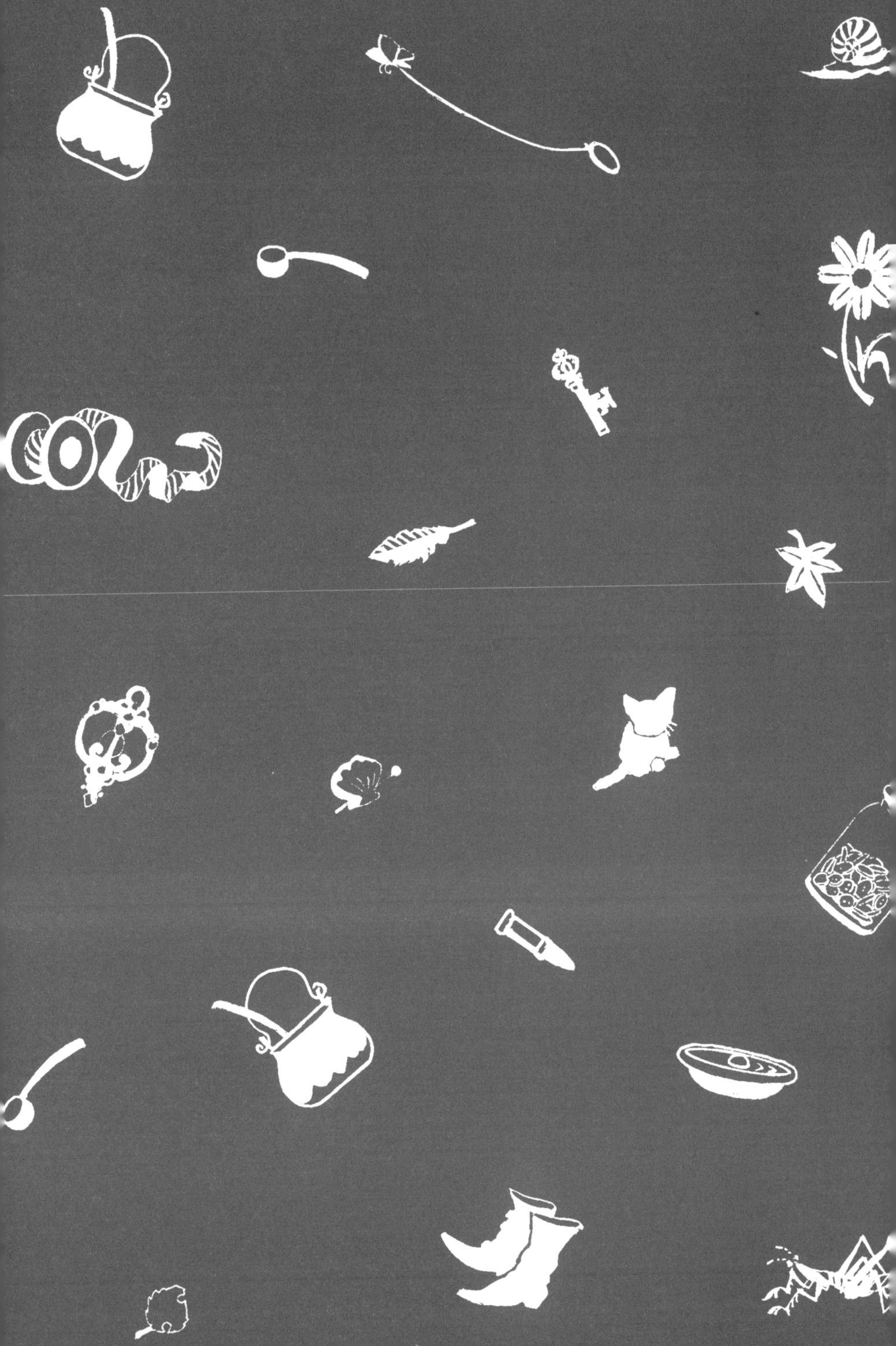